光年

陈平沙 著

九州出版社
JIUZHOUPRESS

图书在版编目（CIP）数据

光年/ 陈平沙著. —北京：九州出版社，2024.1
ISBN 978-7-5225-2588-4

Ⅰ.①光⋯　Ⅱ.①陈⋯　Ⅲ.①长篇小说－中国－当代
Ⅳ.①I247.5

中国国家版本馆CIP数据核字（2024）第038695号

光　年

作　　者	陈平沙　著	
责任编辑	姬登杰	
出版发行	九州出版社	
地　　址	北京市西城区阜外大街甲35号（100037）	
发行电话	（010）68992190/3/5/6	
网　　址	www.jiuzhoupress.com	
印　　刷	天津中印联印务有限公司	
开　　本	880毫米×1230毫米　32开	
印　　张	7.5	
字　　数	120千字	
版　　次	2024年1月第1版	
印　　次	2024年2月第1次印刷	
书　　号	ISBN 978-7-5225-2588-4	
定　　价	59.00元	

目录 CONTENTS

卷一　梦里依稀

引子

　　凌晨，车厢里的乘客大都起来了，灯打到最亮。车窗下的暖气是热的，行驶在冬季北方大地上的列车内部很是温暖。各个车厢里都挤满了人，很热闹。有人从行李架上拿东西，有人在整理箱子，有人在泡茶或饮料，有人在剥茶鸡蛋的壳，有人在撕维生素面包的蜡纸包装，有人拿出装着蛋糕和桃酥的纸袋，有人去烧水的锅炉打开水，有人拿着毛巾、牙膏、牙刷和杯子去洗漱，锅炉和洗脸盆前排起了队。

　　海涛坐在下铺靠窗的位置，刚刚吃完李叔叔给他的东西。厚重的墨绿色窗帘被拉开了，天刚蒙蒙亮，黑色的大地上有两条明净的铁轨，那是旁边的复线，闪着明亮的高光。天空呈现出幽暗的蓝色，有一种朦胧感，仿佛梦境一般。这种朦胧的、梦一样的蓝色，海涛只在多年以后，在天桥剧场看中央芭蕾舞团演出《天鹅湖》的时候又看到过一次。列车就在这幽暗的天光下，在寒冷

光年

的北方大地上向北飞驰。

一

海涛出生在北京，他一出生，外婆就和她的侄孙女小惠一起来到北京。小惠那时才几岁大，大人要她去商店买酱豆腐（长沙管酱豆腐叫猫鱼豆腐），她和营业员说要买猫鱼豆腐。人家笑话她，她就再也不肯去买东西了。海涛四个月大的时候，被外婆带到了长沙。在回去的火车上，他饿得哭了起来，有个妇女正好奶水很多，于是主动要给海涛喂奶，但他把头转开，宁可饿着也不肯吃，外婆只好拿奶粉冲了喂给他。所以海涛是喝牛奶长大的。海涛比他一个姓姜的小学同学幸运得多，小姜同学的母亲没奶，家里也没钱买牛奶和奶粉，只能喂他米汤。小姜是喝米汤长大的，所以他的外号叫"姜米汤"。这些都是后来外婆讲给海涛听的。

海涛的印象里，外公总是坐在门口的木椅上抽烟。木椅有着弧形靠背，用桐油油得发亮。两扇木门的外面有个低矮的木栅栏门，海涛小的时候，木栅栏门总是关着的，那是大人怕小孩自己爬到街上去被车碰到。等到他懂事以后，便不总关着了。

外公个子不高，很瘦，背有些驼。他终日不说话，除了早晨出去买菜和挑水，就是坐在门口抽不带过滤嘴的大前门——那时候的烟几乎没有带过滤嘴的。他以前是长沙北站的装卸工，背就是干活的时候压弯的，现在已经退休了。

门口是一条小马路，马路对面是长沙邮电局——一座由钢筋水泥建造的灰色三层建筑，建筑的表面是很粗糙的颗粒，看起来敦实厚重，坚固得像城堡一样。建筑的右边有一道漆成绿色的铁门通向邮电局的院子，平时总是关着的，邮政车进出的时候才会打开。铁门上又开了一个小门，人进出就走这个门。

门前的马路上车不多，相隔一段时间，会有一辆解放牌大卡车，或者是一辆北京吉普通过，偶尔会有漆成军绿色的三轮摩托或是两轮摩托经过。经过最多的是公共汽车，车子下半部漆成红色，上半部漆成黄色，顶上四个角都是圆润的。公共汽车的时间间隔也很长，差不多的时间，就会有一辆公共汽车从门前经过。

外公从长沙北站退休以后，每个月都要去离伍家岭不远的北站拿退休金，有时候外公也会带海涛一起去。这天又到了拿退休金的时候，外公带海涛出了门，来到离家门口不远的公共汽车站，这一路车从家门口往右开，就可以到北站。等了一会儿车来了，外公带海涛上了车，

光年

车上人不多。车子开过几站，车上的女售票员喊道："下一站伍家岭。"过了一会儿车停了，女售票员又喊道："伍家岭到了。"外公就领着海涛下了车，向不远的北站走去。

北站是用低矮的砖墙围起来的，墙被涂成白色。门口有一个同样是砖砌的传达室，也是白色的。站内面积很大，有很多的仓库，很高大，都有着三角形的瓦屋顶，一间一间连在一起。有好几条铁轨，铁轨上停着等待装卸的货车车厢。一种是带顶的闷罐车，车厢上有可以推拉开关的门；另一种是不带顶的，四面封闭没有门，主要用来装煤和矿石；还有一种是平板车，主要用来装汽车和拖拉机的。前两种车都是黑色的，上面用白漆写着车厢的编号、所属的机务段，还画着一个铁路路徽。路徽上面是一个半圆的"人"字，顶上正中带着一个圆形的点，看起来像是火车头的正面。下面是个"工"字，看起来像铁轨。图案既包含了"工人"两个字，又包含了铁路的因素。

有时会有空的车皮放溜车回到货场。一次海涛看见一个溜车，就对外公说："爹爹，那个火车在动，没有火车头。"外公看了一眼说："那是溜车。"海涛问："没有火车头的火车也可以动？"外公说："溜车就可以。"等车皮到了位，车上的工人就会旋转制动器把车停下来，制动器是一个有三根支架的红色大圆盘，很像当时的自来水龙头，不过比自来水龙头要大得多，也没有水龙头上波纹状的起伏，就像一根首尾相连的水管一样平滑。

取钱的地方是站里面一座单独的房子，四周都是空的。外公领着海涛向房子走过去，迎面碰上一个人，对方和外公打招呼："陈家大爹来了。"外公也和他打招呼，两人站住了，那人拿出烟来说："恰（吃）烟。"外公也拿出烟来："恰我的。"两人推让一番，那人接过外公的烟，拿出火柴划着了，给外公点烟，然后自己点上："咯（这）是你外孙？"外公说："是的。"

"长得咯高哒（长得这么高了）。"那人又问，"你女儿女婿今年来了冒得（没有）？"

"去年下半年来过，今年还冒来。"

"每个月还寄钱来吧？"

"是的，每个月都寄。"

"铁爹爹死嘎达，住了一年多的医院。"那人又说道。

"哦，什么时候的事？"外公问那人。

"就是前两天的事，听他崽伢子讲的，还不到60岁。"那人说。铁爹爹是外公的同事，退休以后两人再也没见过面了。

光年

又聊了一会儿，那人便告辞走了，外公带着海涛进了会计室。领完了钱，外公带着海涛出了北站，在公共汽车站等了一会儿，坐上了回家的车，车上人还是不多。过了几站，女售票员喊道："下一站经武路。"过一会儿车停了，女售票员又喊道："经武路到了。"外公就带着海涛下车，穿过马路回到了家里。

二

"铁老倌死嘎达（铁老倌死了）。"外公在把钱给外婆的同时，也把这个消息告诉了她。外婆拿到钱，就给了海涛一点零花钱。到了晚上，外婆对海涛说："到大顺斋恰（吃）馄饨客（去）。"她带着海涛出门过了马路，向左没走几步就到了一个路口。这个路口不是四正四方的，而是圆形的。路边是邮电局营业厅的大门，大门不是正着开的，而是斜着开的，面对着路口的中心，门前有很高的麻石台阶，长沙管花岗岩叫麻石。邮电局门口有一个交警岗亭，交警坐在里面控制着路口的红绿灯。路口有四条路，从家门口往右的一条通往北站。邮局门口往北的一条路通往长沙老百货公司，紧挨着百货公司是新华电影院，小惠姐姐的妈妈雪姨在那当经理。百货公司对面有一个小花园，是对公众开放的，不收门票，人可以随便进去。这条路左边有一条斜着的路是通往长沙东站的，客车都是停靠东站，海涛的爸爸妈妈从北京来都是在东站下车。再往左下边还有一条路通往一个铁路道口，过了道口就是螃蟹桥了，长沙人叫螃海桥。螃蟹桥有一个自由市场，是周围的人买菜的地方。

外婆带着海涛在邮电局门前转了个弯，朝老百货公司的方向走去。走出一段距离，路边有一个报栏，遮雨棚下的玻璃板后面贴着各种报刊。报栏后面低矮围墙上的铁栏杆里面是湘江宾馆，从宾馆的门前横过马路就是大顺斋了。

大顺斋门脸不大，窄窄的一道门，旁边是整扇的玻璃窗。外婆带着海涛走进去，里面店面也不大，是一个长方形，像上海的弄堂一样，一左一右放着两溜桌子。店里没有客人，进门左边第一张桌子旁边坐着一个女营业员在包馄饨，大顺斋的馄饨都是现包的。桌上放着一盆肉馅、一盆馄饨皮，女营业员拿起一张馄饨皮，用一个竹片做成的刮子挑一点肉馅，在馄饨皮上一刮，然后熟练地一捏，一个馄饨就包好了。装馄饨的长方形白色搪瓷盆有着蓝色的边，像医院里护士装药的盘子。包好的馄饨整齐地摆成几行，等盆子装满了，营业员就把它端进厨房，交给厨师去煮。

进门右手边是柜台，一个女营业员坐在里面负责卖筹。旁边有一个木头的案子,做好的东西就放在上面。案子后面是一个很宽的门,没有门扇,门里面就是厨房,几个大灶火烧得旺旺的,灶膛红彤彤的,几个厨师正在里面忙着。

外婆走到柜台前,对营业员说:"两碗馄饨。"然后递给营业员五角钱,营业员找给外婆一角四分钱,再给了两个木头做的筹牌,外婆拿着筹牌领着海涛到离门口近的一张桌子坐下等着。

大顺斋卖馄饨、面条、包子和烧卖,馄饨和烧卖不要粮票,面条和包子要粮票。面条分光头面、肉丝面、排骨面。光头面类似于上海的阳春面,是最便宜的一种。李自成称帝以后建立了大顺朝,外婆有时候给海涛讲李自成的故事:"盼闯王,迎闯王,闯王来了不纳粮。"大顺斋和李自成好像没有什么关系,店名为什么叫作"大顺斋",也没法考证,但是大顺斋的馄饨和烧卖真的好吃,而且不要粮票。大顺斋的馄饨之所以好吃,是因为它的汤,馄饨的汤是用大棒骨熬出来的原汤,每天凌晨厨师就把洗好了、剁成两截的几根大棒骨放在汤锅里熬,熬出来的汤白白的,很醇厚,也不油腻,要用上一天。头一天的汤也不全倒掉,剩下一些放进第二天熬汤的锅里,这样汤的味道就极浓极鲜了。大顺斋的馄饨好吃,还因为肉馅好,都是用新鲜的前臀尖剔掉骨头、去掉皮以后剁出来的，吃起来既嫩又香。

馄饨煮好了，外婆过去把筹牌交给营业员，把两碗馄饨端到桌上，从放勺的地方拿了两把铁勺，一把放在海涛碗里，一把放在自己碗里。又从桌上拿起装酱油的瓶子，在两个碗里加了些酱油。再拿起装醋的瓶子，在两个碗里放了些醋。又从装辣椒酱的瓶子里放了些辣酱到两个碗里。然后用勺在海涛碗里搅了搅，对他说："慢点恰（吃），莫卧哒（别烫了）。"

海涛先喝了两口汤，然后慢慢开始吃馄饨。外婆把自己碗里的馄饨舀了一半到海涛碗里，自己吃剩下的一半。

"馄饨好恰（吃）摆（吗）？"包馄饨的女营业员开始逗海涛。

"好恰。"海涛回答。

"你嫉驰（奶奶）把她的都给你哒。"卖筹牌的女营业员说。

"细伢子多恰点长得快。"包馄饨的营业员说。

"快上学了吧？"卖筹牌的营业员问。

"快了，明年就上学。"外婆回答。

吃完馄饨，外婆叫了一辆三轮车。三轮车是带篷子

光年

的，既可以挡风挡雨，也可以遮太阳。外婆先把海涛抱上去，自己也坐了上去。三轮车到了家门口，外婆把钱付给蹬三轮的车夫，把海涛抱下来，领着他回家了。

回到家以后，海涛开始在电灯底下翻小人书，外婆把吊在天花板上的带玻璃灯罩的灯往下拉了拉。灯罩是乳白色的，有着荷叶一样的边。两股用褐色布包着的电线绞在一起，电线上穿了一个带两个孔的椭圆形木块，灯的高度可以上下调节。

到了晚些时候，外婆烧了一壶水，水壶是铁皮的，长沙人管它叫洋铁壶。外婆把热水倒在搪瓷脸盆里，又加了点凉水，试了试温度，就叫海涛过去洗脸。海涛洗完脸，外婆又在一个提桶里倒了些热水，提桶是木头的，上面有半圆形的提手。桶的中间用一根粗铁丝箍着，最下边用一道铁皮箍着。外婆叫海涛在提桶里洗了脚，就要他上床睡觉了。

三

第二天早上，外婆从瓮膛里舀了一些水到脸盆里，叫海涛洗脸。瓮膛是埋在灶台边上的一个铁瓮，用来烧热水和给水保温的。家里的灶小，瓮膛也不大，盛不了多少水。洗脸刷牙以后，海涛来到隔壁的彭家。彭家是开米粉店的，早上卖早点，白天卖米粉。彭家的店是彭爹爹老两口经营的，他家有四个儿子，老大身体不好，很瘦弱，大人都说他有痨病，就是肺结核，平时总是待在家里；老二身体很好，身材匀称，一身的肌肉，在外面做工；老三比海涛大一岁；老四小武和海涛同年。

彭家前面临街的一间屋用来做生意，后面的屋住人。临街的屋子是敞开的，紧靠外面有一个烧煤的大灶，火已经升起来了。大灶的灶台边上埋着一个大瓮膛，是用来装米粉汤的，借着大灶的火保温。灶台边上有一条过道，食客可以从这个过道进到屋里，里面摆着几张桌子，桌子边上摆着几条板凳，店从早晨要一直开到晚上。到了晚上，就用煤把火压好，把长条状的门板一块一块上好，家里人就休息了。

彭家的早点是稀饭和葱油饼，海涛过去的时候，油锅里的油已经烧热了，彭家大爹在灶后面照顾生意。彭家大爹比外公高一点，也很瘦。海涛对彭家大爹说："彭爹爹，买两个葱油饼。"彭爹爹说："来恰早饭了？"海涛说："嗯。"彭爹爹用一个平底的圆铁勺在事先准备好的稀面里一舀，稀面里放了很多葱花，他用筷子在稀面中间弄了个眼，把勺子放进油锅里，勺子向下一沉，一个面饼进了油锅，他又用同样的办法做了第二个。

光年

海涛问道："彭爹爹，小武在家吗？"

"在家。"

"我下午来找他玩。"

"好，他下午冒得事。"

葱油饼炸好了，彭爹爹用长筷子一个一个夹出来，放在旁边的铁网上沥油。油沥得差不多了，他用事先撕好的一小块报纸夹起两个葱油饼递给海涛，海涛边吹气边吃，回了隔壁的家。

吃完葱油饼，海涛来到屋后的厨房，外公已经把一大一小两个水缸挑满了。海涛拿起水缸木盖上的端子，把水缸盖移开，露出一小半，舀了一端子水。端子是用木头掏空了做成杯子的形状，再装上一个木头把。他出了厨房的后门，到外面洗了手，回到屋里用毛巾把手擦干净，拿出一个写字本、一支铅笔，还有看图识字的图片，在家里的小桌子上开始临摹识字图片上的字。看图识字图片正面是彩色的图画，画的有各式各样的东西，有树、花、房子、鸡、鸭、鱼、狮子、老虎，还有大象和狼，等等。反面是灰色的，有着和正面图画上对应的字，上面还标注有拼音。这是外婆给海涛布置的作业，她想让海涛在上学前先认识一些字。

下午海涛从厨房的后门出去，到了隔壁小武家的后门，他敲了敲门，有人打开门，是小武，他让海涛进去。海涛进了小武家，只有他一个人在，老二出去做工了，老三上学去了，平时常在家的老大此时也不在。

　　"你大哥不在家？"海涛问小武。

　　"他出客（去）哒。"小武拿出几个煮好的鸽子蛋，给了海涛几个，"恰鸽子蛋。""你们家鸽子生（下）的？"海涛剥掉鸽子蛋的皮，边吃边问。

　　"是的。"小武说。

　　彭爹爹喜欢养鸽子，他家楼上有一个鸽子笼，养了不少鸽子。

　　"我们今天玩什么？"吃完鸽子蛋，海涛问道。

　　"我们客玩铁环吧。"小武说。

　　海涛说好，就回家去拿了铁环。铁环是一种玩具，一个铁做成的圆圈，一根铁棍一头做成人耳朵一样的把手，一头做成一个"U"字形的半环，半环带缺口，和铁棍垂直。玩的时候手握铁棍把手，把铁环放在"U"字形半环的缺口里，在地上推着走。

　　海涛回家拿了自己的铁环，两个小孩从临街的前门出来，在人行道上推着铁环往右走。铁环在不平整的人

光年

行道上蹦着跳着，左右摇摆，两个小孩握紧铁制手柄，控制铁环前进的方向，不让它走歪了或是倒下。两人一前一后推着铁环往前走。

前面到了金秀的家，金秀正拿个小板凳在门口坐着，她、海涛和小武是同年的。

小武收起铁环站住了，对金秀说："金秀，跟我们一起客玩。"

金秀说："不行，我妈妈出客哒（去了），我要看哒（着）我弟弟。"

海涛说："我们客看看你弟弟。"

金秀就领着他们两人进屋，两人把铁环靠墙放好，跟着金秀一起走到放婴儿的摇篮前，看见婴儿正躺在里面睡觉。

海涛说："各电嘎子大，跟得一个洋娃娃一样的（这么一点大，像个洋娃娃）。"

金秀说："老喜欢哭。"

海涛说："现在冒哭哒。"

金秀说："才睡着一哈哈子（一会儿）。"

小武看着婴儿问："讲（像）你爸爸还是讲你妈妈？"

金秀说："这么大一点，怎么看得出来。"

两个小孩又看了会儿婴儿，小武对金秀说："金秀，明年上学，我们可能是一个班的同学。"金秀说："是撒，我们三个都可能是一个班的同学，到时候我们要一起客（去）上学哒。"

海涛说："你不客，那我们就出客玩了。"

金秀说："好。"

海涛和小武就走到门口去拿铁环，金秀坐下来摇摇篮，两个男孩出了门，金秀在后面唱："摇啊摇，摇到外婆桥……"

两个小孩推着铁环再往前走，到了南货店（杂货店）门口。海涛停下来，收起铁环，把铁环和铁棍都递给小武，说："你等我一哈（下）。"

南货店进门右手边是卖酒、酱油、醋、白糖和盐的，货物都装在一口口大缸内。有人要买酒，营业员就会在那人带来的瓶子里放上一个漏斗，然后用提子在酒缸里提上满满一提子酒，顺着漏斗倒入瓶子内。提子是用铁皮做的，带一个垂直的提手。如果有人要买酱油或醋，营业员就会用另外的漏斗配另外的提子给那人打上一瓶酱油或醋。有人要买白糖或盐，营业员就会把一个纸袋子放在柜台上的秤上，用勺子撮上一撮白糖，或是一撮盐，倒进纸袋子里，称好以后，把口袋上面折好，再递给那人。

海涛去了进门左手的柜台，左边是卖食品的。有卖糖粒子（糖果）的，有卖糕点的，蛋糕、桃酥、绿豆糕、云片糕、灯芯糕都有。海涛最爱吃的是灯芯糕，之所以叫灯芯糕，是因为点心是白色的，看起来像一根一根的灯芯。但和圆的灯芯不同，灯芯糕是方形的，闻起来和吃起来都有一股特殊的香味。还有卖话梅、盐姜和冬瓜糖这些小吃的，小吃用圆柱形的大玻璃瓶子装着放在柜台上，瓶子有个洋葱状的玻璃盖子。

海涛拿出一角钱递给营业员，说："买五分钱盐姜、五分钱冬瓜糖。"

营业员接过钱，放进旁边装钱的木匣子里，拿出一张四正四方的包装纸放在柜台上的台秤上，揭开盐姜瓶子的盖子，撮了一些盐姜放到纸上，称好以后包起来放在旁边。再拿张纸称了一些冬瓜糖包好，连同盐姜一起递给了海涛，海涛把两个小包放进兜里，从南货店里出来。

他俩推着铁环继续向前，前面有一个丁字路口，向右有一条很窄的小路。紧挨着小路的是一家木材厂，厂子的大门正对着小路。两个小孩向右一拐上了小路，小路到头是一条向右的路，顺着这条路往前就到了金秀家的后门，这里有一条向左的路，是一个下坡，坡下面是一条连着东站和北站的铁路。两个小孩推着铁环向左，铁环在下坡加速，一下子脱离了控制，越滚越快，冲过了下坡，冲过了坡下的平地，最后摔到了铁路路基下面用石头砌成的排水沟里。

两个小孩从坡上下来，坐在一棵柳树下，海涛从兜里拿出盐姜和冬瓜糖来和小武一起吃。盐姜是切成一片一片的，半湿半干，染成了红色，上面有细小的盐粒。右边传来汽笛声，一台蒸汽机车拉着一列绿皮客车从右边的弯道缓缓地开了过来，这是从东站刚刚发出来的客车。车头是黑色的，车头正前方的下面是一个用油漆漆成红色的扇形铲子，机车的车轮用油漆漆成红白两色。穿着黑色制服的司机把上半身探出窗外观察情况，车头前面站着一个同样穿着制服，手里拿着红绿两色信号旗的安全员，他的另一只手拉着车头上的把手，站在红色铁铲旁边的一块踏板上。他跳下车以后，把手中的绿旗一摆，火车就会加速开走。

海涛看着慢慢行驶的绿皮客车，问小武："你坐过火车冒（没）？"

光年

小武回答："我冒坐过。"

海涛说："我小时候坐过，但我不记得了。"

小武说："坐火车不好玩，我要坐飞机。"

海涛说："我也想坐飞机。"

两个小孩就这样看着眼前的绿皮火车，幻想着乘坐飞机在天空中飞行的情形。

四

外婆家住的是一处两层的简易楼房，楼上楼下一共四间。一楼临街是两扇对开的木门，曾经是漆成天蓝色的，早已斑驳，布满了细小的裂纹，只能依稀看见过去油漆的颜色。大门外面有一扇木栅栏门。靠近隔壁彭家的墙上开着一扇窗户，窗户上有木栅栏，是固定的，不能开关，中间一根横木上穿着四根竖着的栅栏。大门下面有一道门槛，进门正对着是一张小方桌、几把靠背椅。窗下有一个小柜子，柜子边上的墙上有电表，电表旁边是一张床，四根方的细柱子挑着四根梁，那是挂蚊帐用的。靠里面是里屋的墙，小方桌正对着通里屋的门，门边的墙上有"丰"字形的木格子，镶着几块玻璃。木格子的横架上装着一个简易收音机：一个简陋的木匣子，后面是敞开的，从后面可以看到装在前面板上的喇叭，一块很小的电路板，上面有一些元器件。收音机的音量很小，海涛有时得站在床上，才能听到收音机的声音。

里间屋玻璃格子下面是一张八仙桌，四面都有一个小抽屉，抽屉可以全部拉出来，桌面和下面底板之间的隔层可以放东西。八仙桌边上的木头架子上有一个黄色的樟木箱，上面还有一个紫红色的硬皮箱子，两道交叉的划痕从左至右贯穿箱盖，那是日本人用刺刀划的。旁边是一个五斗橱，最上面有两个并排的抽屉，底下是三个长抽屉。五斗橱上有一架木头座钟，是很暗的棕黄色，看起来很有年代感。钟的顶部是一张弓的形状，但最上面是半圆形的。这个五斗橱和座钟在外婆和海涛来北京的时候，被托运到了北京，就放在外婆的房间里。海涛的小学同学余小刚来他家，看到了这架座钟，从那以后，只要海涛在场，他就经常煞有介事地喊："紫檀木的，古董啊，他们家有古董。"

里间屋和厨房的隔墙上只有一道门，靠近隔墙是一张木架子床，四根细的圆柱撑起四根梁，每根柱子上都有一个装饰性的圆球，是插在上面的。床的三面都有木条形成的围栏，围栏最靠上的边是半朵梅花的形状，木条有横的，有竖的，有圆柱形的，有半圆形的，还有的像眼镜蛇的样子，不同形状的木条构成了对称的图案。床是紫红色的，不是用油漆，而是用水漆漆的，看起来清爽而透明。床是棕绷床，拿掉床上铺的床单和棉絮，可以看到棕绳像渔网一样编织在一起的，棕绳固定在一个木头框架上，这个框架可以拿下来。这张床是外婆的嫁妆，后来也托运到了北京，被改了一下，四根梁去掉了，四根柱子锯短了，但四个装饰性的圆球还装在上面。棕绷改成了木板，尺寸也改小了，只有原来的三分之二。外婆后来就一直睡这张床。

因为只有玻璃格子从外屋透进来的一点光，所以里屋光线不好，白天不开灯的时候，整个屋子里都是黑黢黢的，看不清东西。八仙桌的上方吊着一盏灯，晚上就靠这盏灯昏黄的灯光照明。

地面上没有地板，黑色的泥地凹凸不平，因为长期有人在上面走，已经被磨得既硬又亮。一进厨房有一个碗柜，碗柜边上有一块案板，案板旁边是一个小水缸。斜对着还有一个碗柜，碗柜下面是一口大水缸，水缸边上还有一块案板，案板是用砖砌了两堵矮墙，矮墙上铺了块木板，木板下面堆的是煤。进门的那个碗柜是楼上汪婆婆的，汪婆婆是外婆家的租客，租住了二楼的两间房子。靠墙并排有两个烧煤的炉灶，一个是外婆家的，一个是汪婆婆的。靠着里屋的墙边有一架木楼梯，下面也堆着煤，这些是汪婆婆的。楼梯上去以后一边通到汪婆婆住的两间房，一边通到厨房顶上的阁楼。阁楼是用来放杂物的，楼顶是斜的，里高外低，顺着屋顶的走势。屋顶上铺着瓦片，一道一道地，一块压一块地叠在一起，不管从里面还是从外面，看起来都像是鱼鳞一样。

出了厨房的后门是一条窄巷，门口有三级麻石台阶，紧靠台阶左手边是一个同样用麻石砌成的方形水槽，底下有个孔通到下面的暗沟，已经长满了青苔。外婆家和彭家共用一个水槽，另一边是隔壁舅爷爷家的水槽，这条窄巷每一两家就有一个这样的水槽。

五

天气阴沉沉的，虽然不是浓云密布、乌云翻滚，但潮湿的空气、隐隐约约的寒意还是让人感到一场雨就要到来。过了中午，雨终于下来了，先是一阵小雨，很快就变成了大雨，打得屋上的瓦哗啦哗啦响，雨水顺着屋檐哗哗地流下来。地上先是湿了，很快有了积水。大雨过后也没有住，还是淅淅沥沥地下个不停。在屋檐下躲雨的人们看到雨还没有停下来的意思，只好挽起裤腿，用手里的东西遮着头，冒着雨往家里跑，溅起的泥水沾到了腿上，身上的衣服全都淋湿了。

大门从里面插上了门闩。左边门上钉着一根竖的木条，上下各有一个长方形的孔。右边门上也钉着一根竖

光年

的木条，上下各有一个长方形的孔，横着一个"π"字形门闩，后面钉着一块木头，防止门闩打开时从门上掉下来。外公不能再坐在门口了，只好坐在屋里抽烟。外婆在打毛线衣，她一手一根竹质的毛线针交替地织着，不时拉一下毛线。

海涛在地上拍皮球，小皮球底色是红色的，上面有绿色和黄色的纹路。拍着拍着，一下子没拍好，皮球弹出去，蹦蹦跳跳地滚到了床底下，海涛就钻进去把皮球捡了出来。外婆看见了，说："估得地哈爬（在地上爬），把身上都搞邋遢了。"她放下毛衣，把海涛身上的土拍干净。海涛也不再玩皮球，把皮球放进窗下的柜子里，拿出装积木的盒子，坐到小桌子前的靠背椅上开始搭积木。

厨房的楼板开始往下滴水，外婆上了阁楼，海涛也跟了上去。屋顶有漏水的地方，外婆对海涛说："客（去）拿个脸盆来。"海涛就下楼去拿了个脸盆，外婆把它接在漏水的地方。还有几个地方漏水，只好用一个瓦罐和空着的泡菜坛子接着。

雨下了一整夜。小阁楼里接水的容器都满了，外婆把水倒掉继续接水。街道上泥泞不堪，到处是土黄色水洼。行人或打着伞，或穿着雨衣，踏着泥水在雨里匆匆地走着。

门外传来菜贩的叫卖声，平日里经常有菜贩从家门前经过，外公不去螃蟹桥买菜的时候，就在菜贩那里买。为了讨生活，即使是下雨天，菜贩也得挑着担子走街串巷地做生意。

外公打开门，叫住菜贩，让他进来。菜贩见外公叫他，就把扁担从肩上放下来，把箩筐放在地上，把扁担的钩子从箩筐的绳子上拿下来，一手提着一个箩筐进了屋。外公把大门关上，开始在箩筐里挑菜。卖菜的是个中年男人，穿着一件军绿色的橡胶雨衣，脚上穿着一双黑色的中筒套鞋。他把扁担靠在墙上，把头上雨衣的帽子摘了下来。外公挑了一把苋菜、一把蕹菜（空心菜）、一颗包菜（圆白菜）、一颗黄芽白（大白菜），又挑了一些红辣椒。卖菜的人用随身携带的杆秤一一称过，外公付过钱，那人便打开门，把两个箩筐提出门外，重新戴上雨帽，挑起箩筐走了。外公把门再关上，菜都拿到了厨房里。

快到中午了，外婆开始做中饭。她先把米放在一个铝盆里，舀上水倒进去开始淘米。外婆淘米一定是淘三遍，淘米水也不倒掉，而是收集进从外面拿进来的潲水桶里。再把淘好的米倒进一个铝锅，加上水，放到炉子上去煮。等煮到八成熟，把锅端下来，在一个大蒸钵里加上水，把纱布用水打湿，包上一个圆的带孔的铝垫，

光年

放到蒸钵里，再把蒸钵放到火上。蒸钵是陶做的，是黄色的，最上边外面有一圈深褐色发亮的边。外婆再把一个沥箕放到铝盆上，铝锅里的饭倒进去，流到铝盆里的就是米汤了。外婆和海涛并不总喝米汤，但偶尔也会喝上一碗。

米汤沥得差不多了，把沥箕里还夹生的米饭倒进蒸钵里去蒸，这样做出来的米饭叫作"潦饭"。外婆接着开始摘菜，摘下来的菜叶也不扔掉，也丢进了潲水桶里。摘完菜开始洗菜、切菜，这时米汤已经凉了，外婆把米汤也倒进了潲水桶里。潲水桶平时是放在屋外水槽的旁边，今天因为下雨，就放在了后门口的屋檐下。

吃完饭海涛开始洗碗，先在盆里加上水，用一个短刷把刷洗沥箕。刷把是竹子做的，一小截竹子，一头劈成细丝，一头是完整的，可以用来刷洗物品。洗完沥箕，又搓筷子，再把碗洗干净，把水端到后门外，在台阶上直接倒进水槽，回来换上一盆清水，把筷子和碗都洗一遍。因为够不着碗橱，就把碗放在案板上，外婆会把它们放进碗柜。

收潲水的人来了，他挑着一担潲水桶，到了后门口，把桶放下，掀开盖在上面的油布，把台阶上桶里的水和菜叶倒进自己的桶里，把潲水桶放在水槽的边上，挑起担子走了。潲水会被挑到附近的潲水车里，然后运到乡下去喂猪。

晚上，外婆蒸了一碗火焙鱼，还做了一个蒜苗炒腊肉。这两样菜海涛都很爱吃。腊肉先整块蒸过，再切成片，用蒜苗和红辣椒炒在一起。火焙鱼里面放了干辣椒和豆豉，吃之前再加一点醋，味道很香。晚上是不做潦饭的，都是吃中午剩的米饭。

雨终于停了，天又放晴，太阳久违地出现了，晒干地上的积水。人行道又变成了灰黄暗淡、坑洼不平的土地。门外响起摇铃铛的声音，是打垃圾的车来了。打垃圾的人把垃圾车停在马路边上，手里摇着一个铃铛。铃铛是铜做的，形状像一口钟，上面带一个木把。打垃圾的人摇着它，声音清脆好听。

因为下雨，打垃圾的车好几天没来了，家里有不少垃圾。外公拿着装垃圾的簸箕，出门把垃圾倒进车里。回来以后，他把簸箕放好，去小阁楼拿了一架木梯子，从厨房的后门出来，把梯子搭在屋檐上，上到屋顶去修漏水的地方。有些瓦乱了，外公把它们重新码好；还有些瓦开裂或碎掉了，外公从梯子上下来，去小阁楼拿了一些以前存下的瓦片，上到屋顶把坏的瓦都换成完好的。修完屋顶，外公从房上下来，把木梯子重新放回小阁楼。

光年

下次下雨的时候或许会出现新的漏水的地方，外公就需要再修理一次。

外婆去街道办事处开会了。她之所以当上居民小组长，是因为在扫盲班学了字，这条街上很多人都是不识字的。外婆出门以后，海涛拿着个玩具，去了楼上汪婆婆家。二楼临街有条窄窄的走廊，是木板的，靠外边是木头栏杆，上面有遮雨棚。海涛喜欢坐在走廊上看汽车和摩托车，看到有人骑着两轮或是三轮的军绿色摩托，听到震耳的突突突的声音，摩托风驰电掣地从马路上开过去，他觉得很神气。

汪婆婆见海涛上来了，就拿出糖粒子给他吃。海涛到汪婆婆家的时候，她经常拿些糖果或者是糕点给海涛吃。

海涛问："汪婆婆，愚生叔叔什么时候回来？"

汪婆婆说："他在外面做事，没时间回来。"

海涛又问："那淑平姨什么时候回来？"

汪婆婆说："她也在外面做事，没时间回来。"

愚生是汪婆婆的独生子，淑平是汪婆婆的媳妇。

海涛拿了张小板凳，到前面走廊坐着。挨着走廊就是彭家的鸽子笼，白天鸽子都飞出去了，听不到声音。

早晨鸽子飞出去之前，晚上回窝以后，能听鸽子咕咕的叫声。海涛拿出手里的玩具来玩，那是一只铁皮青蛙，用钥匙上上发条，把钥匙拔下来，往地上一放，青蛙就会跳着往前走。海涛玩了一会儿，听见屋里汪婆婆一个人在说话，好像是在骂人。

海涛问："汪婆婆，你在说什么？"

汪婆婆说："我没说什么。"她就不再说话了。

第二天，海涛到隔壁舅爷爷家玩。大姨的爸爸、妈妈是外婆的弟弟、弟媳，海涛喊他们舅爹爹、舅娭毑（爹奶奶）。他家有五个子女，一个儿子、四个女儿，儿子排行老三，海涛喊他三舅舅。大姨是1949年出生的，小姨只比海涛大一岁。

海涛对大姨说："大姨，我昨天到楼上汪婆婆家玩，听见她好像在骂人。"

大姨说："她屋里男人以前是国民党的一个连长，1949年以后不晓得跑到哪里去了。"听了大姨的话，海涛虽然小，但也大概明白汪婆婆为什么骂人了。

六

这天家里来了个人，是住在后街的女裁缝，她在家

光年

里开了个裁缝店，给街坊四邻做衣裳。外婆拿出一块布，是深蓝色的斜纹布。

女裁缝拿起来量了一下，说："您这是五尺布。"

外婆说："是的啰，在百货公司买的，只收了三尺的布票。"

女裁缝问："给细伢子做一件衣服，一条裤子？"

外婆说："是的。"

女裁缝拿起卷尺，开始给海涛量尺寸，先量完上衣的尺寸，再量裤子的腰围、裤长。她量完以后，拿出一张白纸、一支圆珠笔，把量好的尺寸记在上面。

外婆问："做一套衣服要好多钱啰？"

女裁缝说了价钱。

外婆听了，说："好啰，要得。"

女裁缝问："做新衣服，各是要上学哒拜？"

外婆说："是的啰，还有一个月就开学哒。"

女裁缝说："来的时候还是个毛毛，跟得个猫一样大，现在都要上学哒。"

外婆说："是撒，细伢子长得好快的。"外婆问她，"你屋里细妹子几岁了？"

女裁缝说："两岁哒。"

外婆说："你又要带细伢子，又要做事，蛮累人的。"

女裁缝说："是撒，蛮累人的。"

外婆说："等细伢子长大一点就好了，不要操那么多心，还能帮你做点事。"

女裁缝说："那是滴啰。"她拿过那块布，把记好尺寸的纸包在里面，"那我就客（去）哒，衣服做好我给你郎嘎送过来。"

外婆说："好，慢走。"

下午外婆要去粮店买油，海涛也要跟着去，外婆就带着他出门。左边挨着的是舅爷爷家，舅爷爷家旁边是一个小的化工作坊，再旁边是一个空场，空场对着的是一个院子的大门。大门边上是一个下坡，坡的边上有一条水沟，水沟边上是一个用红砖砌的院子。从坡上下来就是水龙头，外公就在这里挑水。再往前走，就到铁路了。

过了空场又是连在一起的民房，一条弯曲的弓背路向左转。顺着路左转过来再往前走，是一个铁路道口，离东站很近。过了道口紧挨着铁路的第一家是一个杂货店，卖纸折扇、蒲扇、油纸伞、水烟袋、蜡烛、煤油灯、煤油、黄草纸，也卖鞭炮、花炮，还卖墨、砚台和毛笔。过了杂货店没几家就是粮店了。

进了粮店，里面有卖米的、卖油的。一面墙上开了一个洞，装了一个方的漏斗。买米的人把粮票和钱给营业员，把口袋打开接在漏斗上等着，营业员在后面操作，一会儿称好的米哗的一声就流进了口袋。等最后几粒米掉进了口袋，买米的人把口袋从漏斗上拿下来放在地上，用细麻绳把口袋扎起来，然后扛起口袋走了。

外婆走到卖油的地方，柜台上有一根竖着的弯头管、一个手柄，都连着下面装油的铁皮油桶，里面装的是茶油。外婆对营业员说："打半斤油。"她把油票和钱给营业员，把带来的瓶子接在弯头管下。营业员把油票和钱收好，把手柄拉到半斤的位置，然后慢慢向下压，油从弯头管慢慢地流进瓶子。手柄压到了最底下，外婆等最后一滴油滴进了瓶子，就把瓶子拿开，盖上盖子。

从粮店出来，外婆带着海涛去了附近螃蟹桥的自由市场，买了五角钱肉，这天晚上吃的是回锅肉。平时买肉都是买两角钱的，为了炒回锅肉才买五角钱的，只有来了客人才会买一块钱肉，买两块钱肉那就是过节的时候了。外婆告诉过海涛，回锅肉又叫船拐子肉，以前用船运粪的人，回锅肉掉在粪上面，捡起来用水洗了吃下去，"幸亏是掉在货上头哒，冒掉得河里头"。

门口响起了自行车的铃声，穿着一身邮政局制服的邮递员从墨绿色的自行车上下来，从绿色的帆布包里拿出两样东西递给外公，一是汇款单，一是小学的录取通知书。因为海涛要上学了，北京的爸爸妈妈这个月多寄了一些钱来。虽然海涛的户口在北京，但是在长沙上小学没有限制。外公带海涛去附近小学报名的时候，拿着海涛爸妈从北京寄来的证明，是海涛在北京的户籍证明，上面盖着红色的公章。还有爸爸妈妈单位开的证明。有了这两份证明，学校就录取了，现在通知单已经寄来了，就等着开学了。

兰姐姐到家里来了，她是小惠的姐姐。雪姨要她送来了一个书包、一个文具盒、两个语文作业本、两个算术作业本。小惠姐姐出生的时候，因为家里已经有了两个孩子，雪姨照顾不过来，就托外婆带小惠，所以小惠是跟着外婆长大的。她家里五个都是女孩，大姐姐刚生下来的时候得了病，成了哑巴。老二是兰姐姐，老三惠姐姐，老四平姐姐，老五甜姐姐只比海涛大一岁。这些本来外婆要给准备的，现在雪姨送来了，也不用再准备了。书包是草绿色的，翻盖上有一个红色的五角星。文具盒是铁皮的，上面有用漆印着彩色图画，印的是一群大象在开满鲜花的树林和草地上漫步，成年的大象把小象围在当中。铅笔盒里还有几支铅笔、一个转笔刀、一块橡皮。铅笔是白底的，上面带着各种颜色的牵牛花，一头用金色的铁皮包着一小块粉红色的橡皮。

开学前一天，外婆带海涛去了邻居卞爷爷家。他家开了个理发店，前面临街的一间屋子用来当理发室。往右手彭家隔壁是李娭毑家，李娭毑隔壁是张娭毑家，张娭毑隔壁就是卞爷爷家。卞家有五口人，卞爷爷、卞奶奶、卞爷爷的父亲卞家大爹，以及卞爷爷的两个儿子，大的是大娃娃，小的是细娃娃。卞家大爹年纪大了，就在家养着，生意都是卞爷爷做。卞家大爹、卞爷爷、卞奶奶都是河南人，一口的河南腔。大娃娃、细娃娃出生在长沙，在长沙长大，说的就不是河南话，而是长沙话。

到了卞家，卞爷爷、卞奶奶都在。

卞爷爷看到外婆就说："周娭毑来了。"

外婆说："带细伢子理个头。"

卞爷爷让海涛坐在椅子上，拿出围裙围上。

卞奶奶问："是要开学了吧？"

外婆说："是滴啰，明天就开学哒。"

卞爷爷一听，说："哦，那今天理发不收钱了。"

外婆说："那不咧，钱还是要收的啰。"

卞爹爹开始给海涛理发。

卞娭毑说："这孩子聪明，读书一定读得好，将来会有出息。"

外婆说："哪里啰，贪玩，调皮得很。"

海涛理完了发，外婆还是要给钱，卞爹爹坚持不收。

外婆对海涛说："你谢谢卞爹爹、卞娭毑。"

海涛就对卞爹爹和卞奶奶说："谢谢卞爹爹、卞娭毑。"

卞爹爹说："没事。"

卞娭毑说："好好读书啊。"

第二天早上，外婆做了甜酒冲鸡蛋，又到隔壁彭家买了油条，吃过早饭，就领着海涛去学校了。海涛穿着一身刚做好的深蓝色中山装，背着雪姨送的新书包。

一路上外婆都在嘱咐："到了学校要听老师的话，不要调皮，不要和同学打架，好好听老师讲课。"

海涛并没有认真听，但外婆说什么他都点头答应了。

往北站的方向走了大概一站地，横过马路，就到了小学的门口。小学的大门连着一座二层楼房的一楼走廊，楼房的屋顶铺着灰瓦，二楼也有一条走廊，靠外是木头栏杆。大门右手是一个水泥的露天舞台，舞台正对着的是操场，右边有一座四层的平顶楼房，每一层都带一条有水泥栏杆的走廊，这就是教学楼了，所有的教室都在这个楼里。

七

这天下午，海涛来到张娭毑家。因为学校放假了，张娭毑的外孙女小美来她家住了。小美和海涛差不多大，她爸爸是市里面的一个干部。海涛前两天来找小美玩，跟她借了几本小人书，今天是来还书的。张娭毑和两个孙子张大华、张小华一起住，他们都不在家，小美也不在，只有张娭毑和小美的妈妈在。海涛和二人打过招呼，就把小人书放下。

小美妈妈问张娭毑："他们两个谁大？"

张娭毑说："他们两个同年的，美子大月份。"

张娭毑就逗海涛："等你长大了，做了大官，将美子嫁给你做老婆。"

小美妈妈听了，脸上露出不高兴的样子，皱着眉头说："你郎嘎跟细伢子说各些做什么啰？"

海涛还只是个小学生，对娶老婆没什么感觉，也不明白小美妈妈为什么对张娭毑的话很反感。从张娭毑家出来，他就进了隔壁李娭毑家。李娭毑因为脾气耿直，得罪了不少邻居，只有外婆和她关系还好。她家里只有两个人，她和她的独养儿子小李。小李平时拉板车运货，白天一般都不在家。今天小李也不在，只有李娭毑一个人在劈莲子。带壳的莲子装在一个纸盒子里，很干也很硬，皮是浅黑色的，上面像是有一层雾。劈的时候用一个很厚的木墩、一把样子像斧头的刀，刀的尺寸很小，只有菜刀的一半大。左手拿着莲子放在木墩上，右手拿刀在莲子上劈一刀，把莲子调过来再劈一刀，莲子的壳就劈掉了，只在莲子上留下半块月牙形的壳。再拿用完的万金油（长沙管清凉油叫万金油）盒子把这半块莲子壳扒下来，把莲子从中间扒开，绿色的莲子芯拿出来放在一个碗里，剥成两半的莲子肉放在另一个大碗里。莲子劈完了，就送去领莲子的地方，可以拿到一些钱，再领回来新的没劈的莲子。莲子芯拿去药店，也能换回一点钱。

海涛对李娭毑说："李娭毑，我帮你劈莲子吧。"

李娭毑说："莫劈哒手，你帮我剥壳吧。"

海涛更愿意劈莲子，因为他觉得劈莲子有技术，但是李娭毑不让他劈，他只好帮李娭毑剥壳。李娭毑问：

"学校放假了吧？"

海涛说："是滴啰。"

李娭毑又问："考试考得好不来？"

海涛说："还可以，语文98，算术97。"

李娭毑问："在班里排第几？"

海涛说："不晓得，班里冒排名次。"

李娭毑说："你妈妈16岁就到北京客哒，咯条街上只有她一个人客哒。"她又接着说，"北京好，北京是首都，将来你也要到北京客。"

李娭毑说完就接着劈莲子，海涛剥劈完的莲子上留下的壳。过了一阵，外婆拖着长声在外面喊他，李娭毑听见了就说："你娭毑喊你了，你快回去吧。"海涛就从李娭毑家里出来回自己家了。

隔天街道来发粮票，说是发粮票，其实是连布票、油票一起发。外婆是街道居民小组长，粮票就在外婆家发放。居委会的人提着木箱子来了，外婆就一户一户地去通知，一个居民小组十几户人，陆陆续续都来了。屋里站满了人，待不下的就在门外等着。

金秀的妈妈第一个领。一个居委会的人接过金秀妈妈递过来的粮本①，那人仔细地看了看粮本上的人口数、定量，又和登记册上的数字核对；两边对上了以后，就告诉旁边的一个人，那人打开装粮票的木箱子，把粮票拿出来，从一整版的粮票上往下撕。粮票和邮票一样是整版的，每张之间也打着孔。所不同的是，邮票是正方形的，而粮票是长方形的。

从不同面额的整版粮票上撕下来，凑够金秀家的数量，负责发放的人把粮票递给金秀妈妈，然后是布票、油票。金秀妈妈拿到手，算过数量，然后拿出图章，在桌上装着红色印油的圆铁皮盒里按了一下，在居委会的登记册找到自己的名字，在后面的签字栏盖上章，就拿着票证和粮本走了。然后是隔壁彭娭毑、张娭毑家的孙子张小华……等所有的人都领完后，居委会的人就提着箱子，拿着登记册走了。

八

海涛在隔壁舅爷爷家和四姨、小姨一起玩翻羊拐的游戏。羊拐就是羊的膝盖骨。用布包上沙子做成一个小沙包，把羊拐放在桌子上，把沙包向上丢，然后用手把羊拐翻过来，在沙包掉下来之前接住。如果沙包掉在桌

---

① 长沙人管粮本叫粮折子。

光年

子或者地上，没能用手接住算失败，把羊拐翻过来个数最多的人算赢。

大姨和三舅舅从外面进来，大姨看见海涛就说："外面在演《第八个是铜像》，我明天带你看电影客，客找你雪姨打溜票。"

三舅舅说："你们郭客看电影，横客（总）是打溜票。"

大姨说："近水楼台先得月。"

三舅舅说："他屋里牙老子（爸爸）就敢（讲）不能打溜票。"他学着海涛爸爸带着湖南口音的普通话说，"票还是要买的，不能打溜票，电影院是国家的。"

海涛看电影都是不花钱的。除了雪姨在新华电影院以外，他还有个舅爷爷在燎原电影院做经理。舅爷爷和舅奶奶有两个儿子、一个女儿。每次放假，舅爷爷都会打发儿子接海涛过去住几天。燎原电影院后面有一个院子，院子靠外是一道斜着的墙，墙上面有一个铁门，这是电影院的后门。铁门旁边靠墙的角落，是电影院的厕所。观众要想上厕所的话，就得从电影院侧面的小门出来，到角落上的这个厕所来。院子的另一面有一架木楼梯，从楼梯上去二楼有一排屋子，这是电影院的职工宿舍，舅爷爷一家就住其中的一套。平时职工进出，都是走电影院的后门。

在舅爷爷家住的时候，海涛经常去电影院看电影，每次他都从电影院侧面的小门进去。燎原电影院的观众席有两层，他喜欢到二楼，然后倚在前面栏杆靠墙的某一边上看。有时候查票的人也会来赶他，他就先躲出去，等查票的人走了，再进去继续看。后来查票的人知道他是舅爷爷家的亲戚，也就不再赶他了。

海涛和四姨、小姨继续玩游戏，三舅舅进里屋上楼去了，大姨就坐在边上讲笑话。

第二天是礼拜天，大姨带着海涛去老百货公司旁边的新华电影院。到售票处找人一说，雪姨已经打好了招呼，里面的人拿给大姨两张票，大姨要把钱给她，她不肯要。大姨坚持了一会儿，她还是不要，大姨就谢过她，带着海涛去看电影了。

看完电影出来，门口有个老太太推着小车卖冰棍。小车是用木头做的，四四方方一个小柜子，漆成全白的颜色，下面有四个小轮子。

大姨问海涛："你想恰什么冰棒？"

海涛回答："白糖冰棒。"

大姨就对老太太说："一根绿豆冰棒，一根白糖

光年

冰棒。"

老太太打开车子上面的盖子，掀开小棉被，拿出一根绿豆冰棒。又掀开另一边，拿出一根白糖冰棒。大姨把几个银灰色的硬币给了老太太，接过冰棍，把白糖冰棒递给海涛。海涛拿着冰棒，剥开上面包着的蜡纸，边吃边跟着大姨回家了。今天看的是阿尔巴尼亚电影《第八个是铜像》。这是一部黑白电影，讲的是"二战"期间阿尔巴尼亚游击队的故事。当时阿尔巴尼亚电影在中国很流行，例如《伏击战》《地下游击队》《宁死不屈》《海岸风雷》《战斗的早晨》等战争题材电影，大姨和三舅舅都带海涛去看过。

《地下游击队》上映以后，长沙的年轻人和小孩子一见面，一个会说："消灭法西斯。"另一个就说："自由属于人民。"

后来又流行朝鲜电影，如《鲜花盛开的村庄》《摘苹果的时候》《卖花姑娘》，还有一部反特电影《看不见的战线》，里面的老特务代号为"老狐狸"，他伪装成清洁工，大伙都叫他扫帚大叔，最后还是被英勇机智的朝鲜公安抓住了。《卖花姑娘》和《摘苹果的时候》上映时，已经是彩色电影了。《卖花姑娘》讲的是地主压迫农民的故事，内容很苦，很悲惨，看得人哭哭啼啼的。

再后来又上映过一些印度电影，如《流浪者》《奴里》《大篷车》。一时间大家都在唱《流浪者》的插曲，大街小巷里都是"阿巴拉古"的歌声，印度电影里歌舞多。当时流行的说法是，阿尔巴尼亚电影飞机大炮，朝鲜电影哭哭笑笑，印度电影又唱又跳。

也放过一些日本电影，但那不是公开上映的，而是内部参考片，对外不卖票，只有一些单位发很少的票。舅爷爷、三舅舅都看过，他们看完回来讲，放的是《山本五十六》《啊！海军》。

九

冬天来了，学校放寒假了。天气一天比一天冷，一场冬雨过后，更是又湿又冷。窗子和门都往里透风，屋里屋外的温度几乎是一样的。潮湿的空气加上严寒让海涛不愿意出门，就在家里烤火。家里有一个陶制的火盆架子，上面是烤火架，用竹子编的，架子顶上盖着小棉被。把木炭在煤炉上点着了，用火钳夹着放到炭盆里，再把炭盆拿到火盆架子上。火快要熄灭的时候，再加上新的木炭。坐在边上，把手伸到烤火架的棉被底下，把脚踩在火盆架子上，在寒冷的冬季里也会感觉很温暖。

头天晚上大姨过来了，她对外婆讲："明天我带他到

光年

庙里看美伯伯客。"外婆说："要得。"

大姨说的庙就是长沙的开福寺，美伯伯就是舅爷爷的亲姐姐，海涛喊她美爹爹。因为不满家里的包办婚姻，她年轻的时候就去南岳衡山出家当了尼姑，然后来了开福寺。后来庙没有了，变成了纺织厂，她就还了俗，留在厂里的医务室工作了。

第二天早上，大姨来敲门，海涛拉开门闩，大姨进来，手里提着一个袋子。

外婆就问："带的什么东西？"

大姨说："两瓶腊八豆，一瓶给美伯伯，一瓶给义纯伯伯。"

义纯伯伯和美爹爹一样，以前也是庙里的尼姑，庙改成纺织厂以后，她也还了俗，就留在了厂里工作。她跟美爹爹关系最好。外婆和舅爷爷、舅奶奶说起她的时候，都叫她义纯师。

海涛跟着大姨出了门，在门口的汽车站坐上公共汽车到了开福寺。原来的山门旁边的墙被打通，开了一个小门，紧挨着小门盖了一间屋子当传达室。大姨走到传达室的窗前，看门的大爷她认识。

她跟他打招呼："宋爹爹，你好啊。"

宋爹爹看见大姨就点点头："看你美伯伯来了。"

大姨说："是的啰。"

宋爹爹问："还带哒东西来了？"

大姨说："带哒两瓶腊八豆。"

宋爹爹拿起电话拨了内线，给美爹爹打电话，然后对大姨说："你进客赛。"

大姨说"好"，就带着海涛进了庙里。

庙里原来的大殿改成了厂房，禅房改成了办公室和职工宿舍。厂房里传来纺织机器发出的震耳的轰鸣声。在一人多高的石砌基座上盖起来，有着赭红色墙壁、琉璃瓦屋顶的厂房，在海涛眼中无比高大。

大姨带着海涛进了美爹爹的房间。房间的一面是红色雕花的木隔扇，里面有一张床，是三面都围起来的木床，木板上也有雕花。进门右手边是一排高大的玻璃窗，窗下放着一张书桌。正对着门，在床和书桌之间靠墙放着两把太师椅，中间是一个茶几。

不一会儿，美爹爹就来了。

大姨看见美爹爹就喊："美伯伯。"

海涛跟着喊："美爹爹。"

美爹爹很高兴，她问大姨："你爸爸妈妈都还好吧？"

光年

大姨说:"都好。"

美爹爹又问海涛:"你爹爹娭毑也好吧。"

海涛说:"都蛮好的。"

她又问大姨:"老三今年工作了吧?"

大姨说:"进汽修厂当学徒去了。"

美爹爹说:"哦,那蛮好的。"她接着问,"老四和老小呢?"

"还在上学。"大姨拿出袋子里的两个瓶子对美爹爹说,"我屋里爸爸妈妈要我给你郎嘎带了点腊八豆,一瓶给你郎嘎,一瓶给义纯伯伯。"

美爹爹说:"阿弥陀佛,谢谢你爸爸妈妈。"

大姨说:"都是一家人,你郎嘎还谢什么啰。"

两人又说了一会儿话,美爹爹说:"我那边还有事,你们自家在这里玩,中午留下来吃饭。"她说完就出门去医务室了。

稍后,义纯伯伯进来了,她的左脸上有一块青色的胎记。大姨和海涛赶忙打招呼。

义纯伯伯高兴地道:"你爸爸妈妈都好吧?"

大姨说:"都好。"

两人又说了一会儿话，大姨说："我给你带了一瓶腊八豆。"

义纯伯伯说："谢谢你啊，太麻烦你了。"

大姨说："不麻烦，你别客气。"

义纯伯伯不久就出去了。

她走了以后，大姨对海涛说："我带你到庙里去玩一会儿。"

两人在庙里各处转，参观以前的大殿等建筑。在一个院门前，他们闻到一阵阵香气，就走了进去。里面不大，当中却种着两株蜡梅，树枝上开满了黄色花朵。蜡梅花香浓郁，沁人心脾。海涛过去摘了一朵放在鼻下轻嗅。多年以后，他去了北京，一到冬天心心念念的就是去颐和园或者香山看蜡梅花。

午饭时间到了，美爹爹带大姨和海涛到了食堂。她把饭票给大姨，要她自己买菜。虽然已经还俗，她和义纯伯伯还是吃素，所以不在食堂吃饭。买菜窗口前排了很多人，大都是厂里的纺织女工。大姨就排在她们后面，买了两个菜，又去买饭的地方买饭。饭是装在小蒸钵里蒸的，淡黄色的钵子上面有一圈深褐色发亮的边。平平的满满一钵子饭，饭蒸得很硬。吃过了饭又坐了一会儿，

卷一　梦里依稀

光年

大姨就向美伯伯告辞，领着海涛坐车回家了。

后来开福寺又恢复成了寺院，重新修葺了山门，几座大殿也翻修一新。殿的两边是凶神恶煞的四大天王，中间是慈眉善目的佛像金身，四面是神态各异的五百罗汉。美爹爹和义纯伯又恢复了尼姑的身份，继续在庙里修行。美爹爹还当上了庙里的住持。她和义纯伯伯的师傅，一个老和尚，从南岳衡山来了北京，在西四的广济寺当了住持。三舅舅和贺姨来北京的时候，还要海涛陪着一起去看过住持。美爹爹和义纯伯伯托三舅舅给住持带了些吃食。广济寺对外是不开放的，因为佛教协会事先打过招呼，庙里才让进去。海涛以前只是从门前经过，从没进去过，进去以后才发现里面是如此之深。禅房里，老和尚坐在椅子上，旁边站着一个僧人。三舅舅对他说起他两个徒弟的事，他只是笑着说："阿弥陀佛。"从不主动提问题，也不主动说话。坐了一会儿，三舅舅把美爹爹和义纯伯送的吃食拿出来，旁边站着的僧人接了过去。老和尚也只是笑着说："阿弥陀佛。"又坐了一会儿，三舅舅就告辞，和贺姨、海涛一起出来了。

十

天空阴沉沉的，开始飘起了雪花，先是稀稀落落的，渐渐地就变成了鹅毛大雪。

雪不停地下，漫天飞舞，街上的行人、车辆和景物都变得模糊。到了第二天早晨，雪停了，屋顶上铺满了厚厚的一层雪，干枯的树枝上也挂满了雪。脚踩到地上，就会陷进雪里，留下深深的脚印。到处是白茫茫的一片，天地之间变成了银色的世界。长沙每年冬天总会下几场大雪。

虽然穿着棉鞋，出门也戴着棉手套，海涛还是长冻疮了，长沙管冻疮叫冻遭风。脚指头又红又肿，手背肿得像个小馒头，很疼很痒。外婆给他抹了冻疮膏，但也起不了太大的作用。长冻疮以后，越烤火越痒，不烤又冻得不行。

快到春节了，为了年夜饭，外婆早早就开始准备，买了肉剁成肉馅，搓成一个一个的小丸子放在油锅里炸。又把淀粉和肉馅和在一起，把鸡蛋搅匀了摊成薄饼，又把淀粉和肉馅的混合物包在里面，用白线捆起来放到锅里去蒸，蒸熟了以后就是鸡蛋卷。

海涛去铁路道口旁边的杂货店买了两挂一百响的鞭炮，回来以后把小鞭炮一个一个从主捻上拆下来。大年三十这天，街上响起阵阵鞭炮声。海涛点上一根香，把小鞭炮放在衣服的口袋里，来到家门外的人行道上，拿出一个小鞭炮，用香把捻子点着，又细又短的灰色捻子呲呲地冒着火花。他把鞭炮丢出去，小鞭炮在空中炸开，发出"啪"的一声响。

年夜饭很丰盛，有腊鱼、腊肉、火爆腰花，还有一个全家福，长沙人不叫它全家福，叫杂烩。里面有炸好的肉丸子、切成片的蛋卷以及黄花菜、木耳和粉丝。

吃过年夜饭，有小伙伴来找海涛玩，几个小孩子到街上放烟花。先放的是冲天炮，北京叫窜天猴。一根极细的深红色木条，前面有一个花纸包的圆筒，下面有一根很短的灰色的捻子。把它斜靠在一块竖起来的红砖上，点着了跑开，花炮"呲"一声飞到天上去了，飞得老高。再放彩珠筒。一根花纸包的细长的纸筒，一头有纸包着的捻子。竖在地上用砖头固定好，点着了站到一边，一会儿就有一个彩色的火球冲上天空，片刻后，又是另一种颜色的火球喷出来。

接着是一个短粗的花炮，下面有一块方的木片。放在地上点着了，会从上面喷出各种颜色的火花，就像火树银花一样，还会发出类似鸟鸣的声音。

有人拿来一个汽车形状的烟花，下面有四个可以转动的轮子。放在地上点着了以后，后面喷出火花，汽车就往前走。碰到不平的地方，汽车翻了，不往前走了，后面的火花还在往外喷。

有人拿来一个风火轮，那是一根极细的深红色木条，前面用线吊着一个六角形状的扁的花炮。点着了以后，花炮转起来，喷出的火花绕圈旋转着，像一个风火轮。不断旋转的烟花就像时间又开始了一个新的轮回。

长沙人有守岁的习惯，但那都是大人，小孩子一般熬不住。

零点过了，海涛来到李娭毑家。小李不在，大概是和朋友喝酒去了。李娭毑看见海涛进来就说："我炸年糕给你吃。"她在灶上支起油锅。年糕是一排一排的，和中指长度差不多，比中指粗一点，一根一根挨在一起。等油烧开了，李娭毑就把年糕一根一根掰下来，放到油锅里去炸。炸好的年糕用筷子夹出来，放在碗里边沥油边放凉。等年糕不烫嘴了，一老一少就一起吃起了年糕。

第二天早上起来，外面还不时传来鞭炮声。海涛过去给舅爷爷、舅奶奶拜年，得了一个装着压岁钱的红包。一会儿大姨、二姨、三舅舅、四姨、小姨来给外公外婆拜年，外公外婆也给了他们每人一个装着压岁钱的红包。海涛拿着压岁钱又去买了一挂鞭炮，回来拆开了和小姨一起在门前一个一个地放，在稀疏的鞭炮声中迎来新的一年。

卷二　大海

一

　　新学期开学了。刚刚过完暑假，还没有开课时，大多数学生的心情都很轻松，海涛却一点也轻松不起来，他十分忧愁，因为线性代数要补考。教线性代数的是学校基础部的一个老教授，个子不高，身材瘦小，头发和胡子花白，总是穿着一套蓝色的中山装，戴一副圆的黑框眼镜。老教授很厉害，流体力学和线性代数两门课都是他一个人讲。在讲拉普拉斯方程的时候，老教授用他那南方口音拖着长腔大声地说："从最（这）一边看到那一边，我们看到了神模（什么）？同熊们（同学们），我们看到了液面曲率与液体表面压强之间的变换关系。"在讲伯努利方程的时候，他又讲："同熊们，你们要努力啊！如果不努力，伯努利方程就变成了'不努力'方程。"

　　虽然老教授讲课很风趣，海涛却经常听得不知所云，也记不住那些复杂的公式和推导过程。他很努力地学，还是感觉很吃力。期中考试他通过了，成绩还不错，这让他有些放松，谁知期末就考了个不及格。整个假期他都觉得心里不踏实，每天都捧着线性代数教材，背那些

光年

枯燥的公式和烦琐的推导过程。

补考这天，海涛进了教学楼，迎面碰上同班的女同学王华莹。她和他打招呼："去自习啊？"海涛愁眉苦脸地说："补考去。"王华莹就安慰他："没事，肯定能过的。"海涛点点头，垂头丧气地到了补考的大教室。因为是基础课，全年级所有系的学生都要上，所以全校补考的学生都来了，还有几个是重修的。大教室里，稀稀拉拉坐着准备补考的学生。老教授先照着花名册点名，有答到的，就在花名册上打个钩；点完名，就把卷子发给了大家。海涛拿起卷子一看，感觉比上学期期末考试要容易一些。考试时间还没到，他已经把题答完了，于是检查了一遍卷子。时间一到，老教授就把所有人的卷子都收走了。

海涛忐忑不安地等了好几天，补考的成绩终于下来了，他通过了补考。这时候他紧张的心情才放松了下来。

这学期班里来了两个新同学，一个叫王斌，一个叫关箐。他们两个都是从上一届下来的，不同的是关箐是因为得了肝炎休学一年，王斌是因为一门补考、一门重修不及格留级下来的。王斌的父亲和海涛的父亲是大学同学，毕业以后也被分到北京工作，但是后来因为被划成"右派"，发配到外地去了。去年落实政策又回到北京，还特意来海涛家看海涛的父亲。海涛的父亲请他来吃饭的时候，他把王斌也带来了。他们这才知道，海涛和王斌不但在同一所学校，还在同一个系。王斌虽然比海涛高一届，年龄却比海涛还小一岁。没想到半年以后，两人却成了同班同学。王斌和海涛一样，也喜欢文科，不喜欢工科，都是按照父亲的意愿考了工科学院。所不同的是，海涛每次都能勉强通过考试和补考，王斌却因为补考和重修不及格留了级。

二

这天下午快到晚饭时间了，万迅来3号楼宿舍找海涛一起去五道口吃饭，他刚从教学区出来，手里拿着一本包着书皮的书。万迅和海涛家是一个大院的，父母都是同事。他和海涛同岁，一起考进这所大学，但不在同一个系。万迅经常叫海涛一起去五道口吃饭，都没什么特别的理由。每次都是万迅提议，但买单的时候是轮流坐庄。因为万迅经常来找海涛，所以宿舍里的同学都认识他。海涛也常去万迅的宿舍，他同宿舍的同学海涛也认识。宿舍里除了海涛，还有孟恒、王铭在。孟恒是四川人，王铭是安徽人，两人一壮一瘦。王铭很瘦，瘦尖脸，戴一副黑框眼镜，因为说话的时候喜欢引经据典，人送外号"老夫子"。孟恒很壮，豹头环眼，你看他的肩膀和

光年

胸部，好像穿着美国橄榄球队员的比赛服。等他把上衣脱下来，你会发现他没穿那玩意。在系足球队里，他踢后腰。一年一度的学校田径运动会他都会参加，项目是短跑和跳远。有一年的运动会，他穿着跨栏背心和运动短裤站在那里，一个外系的女生看了就说："他的腿比我的腰都粗。"

看到万迅手里的书，孟恒就问："你拿的是什么书？"万迅就把书递给他看，是一本托福考试题。

海涛和万迅从二楼下来，出了楼门，万迅说要把书放回去，两人一起来到万迅的宿舍，他同寝室的"总编"王邱波正在屋里。他人瘦瘦的，戴一副眼镜。大家之所以叫他"总编"，是因为他虽然上的是工科学院，却不喜欢所学的功课，而是喜欢历史和文学，经常写文章，还主办了校内的一份刊物。总编的床头放着很多吉他的琴谱，床边的墙上挂着一把吉他。他吉他弹得很好，喜欢拿着吉他自弹自唱，《爱的罗曼史》《绿袖子》弹得溜溜的，《西班牙小夜曲》《阿尔罕布拉宫的回忆》也弹得不错。万迅看他在屋里，就叫他一起去吃饭，他推辞了一下，万迅再一邀请，他就跟着一起出来了。

三个人从学校北门出去，沿着田地旁一条很宽的土路走出很远，向左拐过一个弯，就到了五道口商场的后面。经过商场往前走出不远，就是五道口餐厅了。三人进入餐厅找了张桌子坐下，服务员拿来菜单。万迅看也没看就说："来个干炸丸子。"他最爱吃这道菜，每次都会点，说完拿起菜单，"一个肉皮冻，一个油炸花生米，一个小葱拌豆腐。"他又看了会儿，"一个辣子鸡丁，一个鱼香肉丝，一个干煸豆角，一个地三鲜，再来一个汤"。服务员问："要什么汤？"万迅想了一下，说："酸辣汤吧"。服务员问："酒水要不要？"万迅说："来瓶红粮大曲。"

　　服务员拿着记菜名的簿子和菜单下去了，三个人开始聊天。先聊了会儿世界杯预选赛亚洲区谁能出线，接着聊半年以后的世界杯谁能拿冠军。

　　"我认为德国队能拿冠军，鲁梅尼格很厉害。"万迅说道。他是德国队的球迷。

　　"我觉得还是阿根廷能拿冠军，马拉多纳更厉害。"海涛接着说。他喜欢阿根廷队。

　　"法国队也很有戏的，普拉蒂尼也挺牛的。"总编是文艺青年，他更喜欢具有文艺范的普拉蒂尼。

　　"法国队没戏。"万迅说，"你看看他们上届欧洲杯的成绩，连小组都没出线。"

光年

海涛说："我们宿舍的常为贵总记不住这些外国球员的名字，他总是把鲁梅尼格说成鲁德维格，把普拉蒂尼说成蒂普拉斯。开始不是故意的，后来因为同学们老笑话他，他就故意说错了。"

服务员把凉菜端了上来，又拿来了酒和三个玻璃杯。

他拿着酒瓶问："打开吗？"

万迅说："打开吧。"

服务员用瓶起子打开瓶盖，再把酒放在桌上。海涛拿起酒瓶，在三个玻璃杯里都倒上半杯白酒，三人边喝边聊。

万迅说："胖子想去MIT，他真牛，哈佛和MIT都要他，但他想去MIT。"

他说的胖子是他和总编的同班同学，在他们班成绩第一，在他们系也是第一，在整个学校的这一届也是名列前茅的人物。

"MIT是哪儿？"海涛问。

万迅回答："MIT是麻省理工学院，美国最牛的工学院，在波士顿，比魔鬼的普林斯顿强多了。"

万迅所说的魔鬼真名叫谭皓冰，是和海涛、万迅住一个大院的邻居，父母和海涛万迅的父母也是同事。他们三个人都是同一届的。谭皓冰高中毕业考上了北大物理系，后来又考上了李政道的CUSPEA，现在正在美国普林斯顿大学留学。

总编说："哈佛比MIT好，胖子应该去哈佛，不应该去MIT。"

万迅说："他喜欢MIT。"他接着说道，"我打算毕业一年以后考托福，再考GRE。到时候我去找胖子，他肯定能帮上点忙。"

这顿饭吃了有两个小时，万迅把服务员叫来，他把写着菜名和价格的一沓薄纸簿子递给万迅，万迅看完以后，拿出钱结了账。三个人一起出了五道口餐厅，沿着来时的路往回走。天已经完全黑了，路边电线杆上的路灯发出昏黄的光。走了一阵，三人进了学校的北门，这时学校里教学区、宿舍区已经是灯火通明了。到了一个路口，海涛和万迅、总编他们分手，独自回到了自己的宿舍。

三

这学期有一门课，叫作"计算机原理与系统结构"，是系主任沈士团亲自讲课。沈士团个子不高，长着一张猕猴桃形的脸，一双小眼睛总是眯着。他在英国进修了

光年

一年，刚回到系里，马上就被提升为系主任。但他还是要坚持在讲课第一线，就开了这门计算机课。海涛毕业以后又过了好几年，沈士团当上了学校的校长，这是后话。

沈主任虽然也有南方口音，给同学们辅导答疑的时候也是笑眯眯的，但他讲课的时候却很严肃，一点也不风趣。他的口音很有趣，他会把单板机的CPU 8085说成"拨零拨五"。对于这门课海涛却很喜欢，虽然他对线性代数的公式和推导很头痛，对这门课的计算机电路设计和编程却很感兴趣，无论是硬件电路还是机器语言、汇编语言，他都学得津津有味。

下午没有课，海涛来到本班的小教室自习，一进去就听到同学们在议论，说是李京生和方劲松跟三系的人中午在食堂打起来了。学校食堂是按系划分的，海涛所在的二系和三系共用一个食堂。最后一个学年，食堂就不再按系划分了，全校学生可以随便去哪个食堂。

二、三系食堂就在宿舍区大门一进门那条很长的直马路的边上，是一长溜用灰色砖砌的平房，有着灰瓦盖的大三角屋顶。后面隔着马路就是操场，前面是一条笔直的小路，一头连着教学区在校区的门，一头连着海涛住的学生3号宿舍楼。小路的两边都有排水沟，在小路和食堂的门之间有一条通道。进到食堂里面，靠里有一排窗口，是用来打饭和打菜的地方，靠外面墙上是一排木格玻璃窗。进门右手侧面墙前面放着几张桌子，那是卖凉菜的地方，卖切好的香肠、猪头肉、酱猪蹄、酱牛肉和凉拌菜。木格窗边上靠墙放着几个木架子，那是学生们放碗和勺子的地方。学生们大都用两个搪瓷饭盆，一个用来装菜，一个用来装饭。靠近木格窗那边放着两排饭桌，饭桌是圆形的，用铁架子支着，周围用铁架连着6个圆凳。

在打饭菜的窗口和饭桌之间，放着几个汽油桶大小、白铁皮做的圆桶，那是用来装汤的。汤桶边沿的提手上放着一个带长木把的黑铁勺子，是用来舀汤用的。汤免费，说是汤，味道和涮锅水其实也差不多。

下了自习，海涛去了李京生和方劲松的宿舍。李京生高高的个子，两道剑眉，大眼睛，高鼻梁，是个帅小伙。他名字叫李京生，其实是南方人。方劲松是湖北人，方脸，黑眉毛，大眼睛，嘴唇厚厚的。海涛一进屋，就看到他们同屋的王吉言、老饶头也在。老饶头叫饶自健，高个子，圆脸，大眼睛，一张大嘴总是咧着。海涛也不知道同学们为什么给他起了这么一个外号。

宿舍很窄，厚重的深棕色木门正对着一扇很高的窗

光年

户，窗下放着一张浅黄色的木头方桌，桌子下面有几个暖水瓶。四张蓝色的铁架子双人床分列两侧。宿舍里住6个人，有一张双人床用来放箱子。

海涛找了张床坐下，问："你们和三系的人打架了？"

李京生笑着说："我跟老方在排队打菜，前面有个三系的，来了个傻子非要夹塞，说他还不听，我给丫拉出去，他就和我动起手来了。"

方劲松说："三系还有几个来帮忙的，都被我用勺子打跑了。"

李京生接着说："我和老方一起打那个傻子，把他按到装汤的桶里去了。"

海涛问："你们没受伤吧？"

李京生回答："没有，我和老方都没吃亏。"

老饶头说："你们火气也太大了，都把人打到桶里去了。"

王吉言就说："该打，我要是在，非把他打个鼻青脸肿不可。"

这件事最后的结果是三系打架的那几个人来了3号楼宿舍，向李京生和方劲松求和。因为没有造成什么严重后果，系里也只是给了李京生、方劲松口头警告处分，没有深究。

四

不上课的时候，大家互相串门是经常的事。海涛走进隔壁208宿舍，这屋的"原住民"陈勇正在唱电视剧《霍元甲》的主题曲。陈勇是湖南人，和海涛是老乡。他用粤语唱道："昏睡八（百）年，国人皆已省（醒）。睁海（开）安（眼）吧，小声（心）看吧，哪个愿神（臣）虏皆因（认）。因为畏缩与因（忍）让，人嘎（家）骄气呀（日）盛。"

海涛在他对面坐下，说："唱得不错啊。"

陈勇说："哪里，唱得不好。"

海涛说："别谦虚了，唱得确实不错。"

陈勇说："我这不是谦虚，是有自知之明。"

海涛说："谦虚过头就是虚伪。"

陈勇说："老乡你这是来夸我的，还是来骂我的？"

海涛就问："演到第几集了？"

陈勇说："演到第15集了。"

"你一集都没落？"

光
年

"我一集都没落，每集都看了。"

海涛从208出来的时候，陈勇又开始唱了："万里长城允拜（永不）倒，千里网活（黄河）穗（水）滔滔。岗（江）山搜类（秀丽），叠彩峰岭，问我国嘎（家）哪杭（像）染病？"

宿舍里每天由两个人打开水，今天轮到海涛和吴明。吃过晚饭，两人提着暖瓶下去了。学校的锅炉都是在晚饭以后开始烧，晚上9点以后就不烧了。两人走过几栋宿舍楼，经过一片小树林，就到了供应开水的锅炉房。锅炉房的墙上有两个水龙头，下面用水泥砌了一个水池子。两人到那儿的时候，前面已经有几个人在排队了。水还没有开，打开的水龙头里没有水流出来，两人就在队尾排着。一会儿水开了，水龙头里有水流出来。一开始流出来的是凉水，最前面的人就等着，等开水流出来了，排在前面的人就拿出暖瓶的塞子，把暖瓶放在龙头下面接水。

从水龙头流出来的开水是喷溅状的，海涛怕烫着，总是把水龙头关上，把暖瓶放在水池子里，然后再打开水龙头接水。吴明不喜欢这样，他喜欢不关水，用手拿着暖瓶直接伸到龙头下接水。轮到两人打水的时候，他们后面又排了不少人，大多数学生都喜欢在晚自习之前打开水。

在3号楼对面4号楼侧面一层的那扇窗户前面，摆放了许多凳子，大都是各个宿舍的方凳，也有几张靠背椅。到了晚上快7点钟，4号楼一层的一扇窗户打开，一台12英寸的黑白电视机开始放《新闻联播》。《新闻联播》结束以后就开始放电视剧《霍元甲》，这时学生们陆陆续续都来了。陈勇提前占了个座，坐在那里看。海涛没占座，就站在后面。站时间长累了，也就不管霍元甲、陈真他们在那里与恶势力斗争，骑上自行车到教学区去了。

到了教学区熄灯的时间，上晚自习的学生都回来了，有的步行，有的骑自行车，宿舍楼前停满了各种牌子、不同规格、新旧各异的自行车，其中最多的是永久、飞鸽、凤凰三个牌子，规格多是26寸、28寸，颜色多是黑色、绿色，而24寸的女式车也有几辆红色的。

回到宿舍以后，也不会马上上床睡觉，大家或坐着，或躺在床上聊天。经常会因为某个话题而爆发激烈的争论甚至争吵，于是宿舍里就会分为两派甚至几派，为各自的观点进行辩护。碰到有人火气太大，发生激烈碰撞的时候，就会有人出来当和事佬，要双方少安毋躁。有人一回到宿舍，就去跟厕所挨着的水房洗漱完毕，然后回来躺在床上看书。有人则习惯等到快熄灯之前再去水

光年

房洗漱，然后再上床睡觉。这时宿舍里的灯关了，但楼道里的灯还亮着。熄灯以后，有些人会打着手电在被窝里看书，尤其是在考试前几天。

有一年冬天熄灯以后，海涛起来上厕所，听到隔壁水房里有动静。他走过去一看，二班的刘竞秋光着膀子，只了一条短裤在那里洗凉水澡。他在盆里装满了凉水，用毛巾在盆里打湿了在身上使劲搓。海涛问他："你不冷啊？"他笑着说："不冷。"说完端起盆把满满一盆凉水从头顶上浇满全身。后来海涛和二班的人说起这事，才知道他一年四季都坚持洗凉水澡。

下一个学期，黑白电视换成了20英寸彩电。电视机前观众最多的时候，还是有足球比赛的时候。不管是亚洲杯、欧洲杯、世界杯，还是这些杯赛的预选赛，电视机前总是挤满了观众，前面的人坐在椅子上看，后面的人站着看，再后面的人站在椅子上看。一有射门，就有人发出惊讶的叫声；一有失误，就是一片叹息之声；一有精彩进球，就欢声雷动。碰到有中国队比赛的时候，情况会有一些变化：对方一射门，就是惊讶之声；中国队一射门，就是一片欢呼之声；对方一失误，就是一片叫好之声；中国队一失误，就是一片叹息之声；对方一进球，就是一阵哀叹；中国队一进球，就是欢声雷动。某次国际比赛，中国队赢了，学生们就在校园里狂欢，拿出脸盆来敲，举着手电筒在校园里游行，还有人把事先准备好的鞭炮和二踢脚拿出来放，一直闹到后半夜才逐渐安静下来。

一天晚上，电视里正在播放世界杯小组赛，中场休息的时候，海涛上楼了。看到隔壁宿舍开着门，他走了进去，隔壁老二正在看书。隔壁老二之所以叫老二，是因为他们有四个人结为兄弟。刘关张三人桃园三结义，他们四人结为兄弟成了"四人帮"。刘二兵年纪最大成了老大，班长赵国宏年纪第三排行老三，王吉言第四就叫老四，王四春第二就叫了老二。

海涛问老二："你怎么不去看球？"

老二说："我不爱看，那帮人踢球有什么好看的？"

海涛问："你不是爱踢球吗？"

老二说："我是爱踢球，但我不爱看。"

海涛说："爱踢球怎么不爱看球呢？"

老二说："踢归踢，看归看，不是一码事。踢球是自己的事，那是自己的乐趣。"

老二也很爱踢球，下午下了课或是自习都会去踢球，有时候还会踢上整整一个下午。在系队里也是替补左边卫的位置，然而他却不喜欢看球。爱踢球而不爱看球的，一班他是第一人，整个大班也是第一人。没准全系，甚至全校都是第一人。

还有一个小时才到熄灯时间，马定国在听收音机，电台里在放歌曲《辣妹子》，宋祖英用她那甜美的女声在唱："辣妹子辣，辣妹子辣，辣妹子辣妹子辣辣辣……"正在被窝里看书的孟恒说话了："要说吃辣的，还是四川人最厉害。川菜是四大菜系之首，最大的特点就是麻辣。"

海涛说："吃辣的还是湖南人厉害。不是有句话嘛，四川人不怕辣，湖北人辣不怕，湖南人怕不辣。"

在孟恒上铺的吴明不干了："快得了吧，陕西人吃辣的才厉害呢。你去西安就知道了，臊子面、油泼面，辣得你张不开嘴。"

常为贵说："甘肃人也能吃辣的，顿顿都离不开辣，用油炒的辣椒面可香了。"他在老夫子王铭的上铺。

海涛说："湖南人剁辣椒的时候，辣得手痛，像火烧一样。"

吴明说："陕西人做菜，没有不放辣的，拿辣椒拌着饭吃。"

孟恒说："四川的朝天椒是辣椒里的极品，小红辣椒别看个小，一个顶一个。四川火锅，那一锅汤里面全是红油。"

常为贵说："甘肃人生着吃辣椒，把辣椒拿在嘴里直接吃。"

马定国是北京人，他不爱吃辣椒，所以没有参与讨论。王铭是安徽人，也不爱吃辣椒，却给出了总结性的发言："都别光说，哪天咱们班举行个吃辣椒比赛，哪的人最能吃辣的就看出来了。"

星期天的上午，海涛从家里坐公共汽车到了护国寺，那儿有个卖二手自行车的地方。他的那辆二手永久28寸自行车的前叉子断了，差点把他摔到，他打算再买一辆自行车。

海涛平时住校，到了周六，外地的学生还是住在学校里，他下午就回家，周一早上再去学校。第一个学期他都是坐公交车去，后来学会了骑车，就买了辆自行车，平时在学校里从宿舍到教学区再到食堂，都是骑自行车。到了周末就骑车回家，周一早上再骑车到学校的正门，从那里直接进教学区去上课。

进到店里，里面摆满了各式各样的自行车，新旧程度不同，但有一样，全都是二手的。海涛就转着圈看，先看上一辆飞鸽26寸的车，但是价格太贵了。又看上一

光年

辆凤凰26寸的车，这辆车虽然旧，但是没什么毛病，前后牌照齐全。标价也不贵，是50元。他捏了捏闸，把车后轮提起来用手转了转脚镫子，又看了看轮胎，磨损不算严重。他还特意看了看前叉子，挺完整的，没有掉漆，也没有裂缝，看着挺结实。旁边的营业员见他看了半天就说："这车多好啊，没毛病，价格还便宜。"海涛决定把它买下来，去柜台交了钱，拿了收据，营业员就让他推着车出门了。从店里出来以后，他没有回家，直接拿着收据去办了登记，领了新的自行车证。

期末的时候，海涛顺利地通过了各门考试。沈主任亲自教的那门"计算机原理与系统结构"他考得还不错，这让他很开心。然而沈主任的这门课却创下了一个纪录，全系本年级一共有21人不及格。一个大班三个小班，每班不过三十来人，全大班也不过百十来号人，就有21个不及格的，这在以前还从来没有过，以至于那些没有通过考试的学生背地里骂沈士团主任是笑面虎。

五

下午海涛和连捷正在宿舍下围棋，班里喜欢下围棋的除了他们两个还有老饶头。但是连捷更迷一些，碰到不爱上的大课，他就在白纸上画上棋盘，用笔画圈当白棋，画圈在里面涂黑当黑棋，在下面椅子上和海涛下围棋。最近他迷上了武宫正树的宇宙流，上来啪啪啪把四颗子先码在星位，然后在四线以上下子。海涛一看也天马行空起来，被他带坏了节奏。两人下完一盘棋正在数子，刘小龙走了进来。他是江西人，个子不高，一张国字脸。他是班里成绩最好的，然而这不是关键，关键是别人都在努力用功的时候，他看起来却很悠闲，优哉游哉的样子，然而一到考试，他的成绩却总是第一名。

看到两人正在数子，刘小龙问："谁赢了？"

连捷说："等会儿，还没数完呢。"

刘小龙转过头对海涛说："院里要办全校的桥牌比赛了，每个班可以出一个队，我跟赵国宏说了我来组队，你来加入吧。"

海涛说："行，算我一个。"

刘小龙就说："我还找了季和、聂成刚、宁子卢，还有小胖子。晚上一块儿到季和他们宿舍商量商量，那屋大。"

到了晚上，海涛就去了季和寝室，聂成刚就住这屋。一会儿刘小龙、宁子卢、小胖子也来了。在这屋住的瞿建平一看，收拾东西就准备出去。刘小龙说："你待这儿

光年

没事。"瞿建平说:"我本来就要去自习。"说完拿着东西就出去了。

因为打得最好,又是组织者,刘小龙自然而然地成了队长。几个人在桌子前围成圈坐下,刘小龙说:"这次是复式比赛,我明天去报名。抽签决定和哪个队比。每个队赛两场,一次主场,一次客场。输的淘汰,赢的进入下一轮。再抽签淘汰,最后决出冠亚军。"

刘小龙接着说:"从明天开始,每天打一场热身赛。我把分组说一下。"他指着海涛说,"你跟我搭档,季和跟聂成刚搭档,小胖子跟宁子卢搭档。主力阵容是我们俩,季和跟聂成刚四个人,小胖子和宁子卢替补。"

听说自己是替补,宁子卢对桥牌本来就不很迷,所以没有说话。小胖子却有点不乐意了,他说:"不经过选拔,怎么能决定主力阵容呢?这不符合公平竞争的原则。"

小胖子叫沈剑,他和海涛一样,也是北京人。他和海涛在踢球的时候是搭档,在别人都不看好海涛的时候,他却很欣赏海涛,认同海涛的打法。他经常把球传给海涛,和海涛一起配合过人,在关键的时候把球传给海涛,让海涛射门。他和海涛一样都崇尚一脚传球,二对一过人,在临门一脚的时候不拖泥带水,果断直接射门。他和海涛一样都欣赏意大利的著名前锋罗西。这和刘二兵的战术完全不一样。刘二兵是东北人，国字脸，平顶头，总是留着板寸，一身的腱子肉。他踢球的风格是一接到球就低着头一直往前带，直到丢球为止。虽然海涛很不认同他的打法，但是绝大多数时候别人都是把球传给他，谁让人家是系队的主力呢。话说回来了，海涛踢大场子确实不行，他速度慢，体能也不行，大场子两个来回跑下来，就气喘吁吁地跑不动了。

话扯得有点远，还是回到桥牌比赛这个话题。听了小胖子的话，刘小龙就说："这个问题我考虑一下再决定。"

这时马定国走了进来，看到他们几个人围着圈坐在一起就问："你们在开会哪？"

刘小龙说："我们在讨论桥牌比赛的事，你要不要也参加？"

马定国摇了摇头说："要是拱猪比赛我就参加。"

马定国和海涛是上下铺，他在上铺，海涛在下铺。他是左撇子，写字和吃饭都是用左手，踢球也是用左脚。他踢球也是一把好手，也喜欢自己带球，但他和刘二兵风格不一样，刘二兵是低着头直着往前带，他是带着球左右横冲直撞。系里比赛的时候有时候会叫他去打左边锋。

刘小龙继续说道:"从明天开始,每天打一场热身赛。"然后他一脸严肃地看着海涛说,"既然是比赛,那就该正规一点,我们是不是用精确叫牌法?"海涛很无奈地说:"我不会啊。"刘小龙说:"抓紧时间学一下。"海涛说:"就几天工夫了,哪来得及啊?""好吧。"刘小龙只好妥协:"自然就自然吧。"然后他问季和:"你们用精确吧?"季和回答:"我们俩用精确叫牌。"聂成刚点点头表示赞同。他又问小胖子"你们也用精确?"小胖子说:"我们用蓝梅花。"刘小龙听了就说:"好!那就这么定了。"然后他说:"明天起每天打一场热身赛,成绩好的上。"

第二天,刘小龙去报了名,就等着抽签结果。晚上他又把陈勇、陆尚欣叫来当陪练,开始打热身赛。报名截止以后,抽签结果出来了,是和三系的一个队打。热身赛打下来,小胖子和宁子卢的成绩靠后,就成了替补。

正式比赛开始了,先打的是主场,三系的四个人过来了。比赛分别在两个寝室里同时进行,组委会派来的裁判开始发牌,有人负责记录,有人负责传牌。一场比赛下来,海涛由于记错了将牌,多调了一轮主,把一副本来能成的小满贯打宕了。而季和由于垫错了一张牌,让对方超额一墩，结果海涛他们队输掉了比赛。

首战失利，刘小龙给大家打气："这场输了没事，差距并不大。明天客场努把力，我们还能赢回来，还有出线的机会。"

比赛输了，小胖子也没提换人的事，刘小龙也没有提，他大概也明白临阵换将是兵家大忌的道理。第二天晚上还是头天比赛的四个人去了三系的宿舍。比赛分别在两个寝室里同时进行，组委会派来的裁判开始发牌，有人负责记录，有人负责传牌。比赛的结果海涛他们队还是输了，第一轮就被淘汰出局。

学校里有一个天然湖，面积不大，四周围形状都不规则。湖的一面还有一个同样不规则的小土丘绕着湖的半周。土丘的外面是一片小树林。夏天的时候，湖边长满了野草，冬天时候湖面结冰，就可以滑冰了。学校的体育课有滑冰课，就是在这个小湖的冰面上上。海涛也很想学滑冰，他想买一双冰鞋，又不知道该买什么样的，这天晚上熄灯以后，他就在寝室里咨询，大家都躺在床上说话。

"应该买速滑刀，速滑刀玩起来才过瘾。"孟恒说。

"你算了吧，初学哪能买速滑刀，根本控制不住。应该买双花样冰鞋。"吴明不同意孟恒的意见。

光年

"还没学会走就想跑，欲速则不达。我赞成吴明的观点。"老夫子王铭这样说。

"应该一样买一只，可以体验速度和冰上舞蹈的结合。"常为贵的想法比较独特。

"什么刀都一样，反正他也学不会。"马定国比较悲观。

综合以上意见，海涛最后还是决定买一双花样滑冰的冰鞋。

这天海涛听说本班女生姜雨映滑冰的时候摔伤了，被送进校医院，现在已经回宿舍了，他就和马定国一起去看她，到了姜雨映宿舍，发现同班的赵霞、胡冬芳也在。姜雨映没什么大事，只是下巴下面被冰刀划破了，在校医院处理了伤口，贴上了一块纱布。

海涛说："我怎么也学不会，脚腕子不是往里歪，就是往外歪，总也滑不起来。"

姜雨映说："马定国滑得好啊，你可以让他教你啊。"

"他哪有那个耐心？"海涛说。

"你自己不行还怪别人。"马定国说。

两人又待了一会儿，就从女生宿舍出来，一起去食堂吃饭去了。

六

临近毕业，海涛想在校园里照些相片留念，于是拿上海鸥120双镜头相机，装上一卷胶卷，叫了马定国和胖子一起去。这个胖子不是本班的小胖子，而是本系同年级三班的胖子。他叫陈鑫，和海涛是小学同学。当时与胖子同一院的还有两个人，都是海涛的小学同班同学。三人因为是一个院的，在班里关系最好，上课下课都是同一路，平时也总在一起。海涛和他们三个关系也不错。到了中学，胖子和其中姓应的那个学生又与海涛就读同一所学校。等到考大学的时候，胖子又和海涛考到了同一所学校、同一个系，但不在一个班。陈鑫长得白白胖胖的，看起来很憨厚，他不喜欢打球等各种体育运动，也不喜欢下棋打牌这些娱乐活动，他只有一个爱好，就是唱戏，唱京戏。他和海涛喜欢唱的戏不一样，海涛喜欢唱现代京剧，就是样板戏，而胖子喜欢唱的是老戏，是传统戏。一次开大班会的时候，胖子还上去给大家唱了一段裘盛戎的《赵氏孤儿》。他伸出右手不停地摆着，摇头晃脑，一板一眼，唱得很有韵味。海涛心想，他要是穿上蟒袍再勾上脸，唱裘派花脸还真的挺合适。

三人去了图书馆、教学主楼，又到校门口，先是拍单人照，然后一个人帮另外两个人拍合影。之后又到教

光
年

学区的飞机前拍照。教学区里放着几架真正的飞机。一架是米格-15，这是最早的一款后掠翼喷气式战斗机，抗美援朝的时候志愿军用过；一架是美国P-51战斗机，就是野马式战斗机；一架是P-16战斗机，绰号"黑寡妇"；还有几架叫不上名字。

胖子对战斗机的故事如数家珍："抗美援朝的时候，美国人用的是F-86战斗机，又称'佩刀'战斗机。碰到米格-15的时候，美国飞行员就在无线电里喊：'关加力，跟他们赛一赛。'结果被打下来了。"

回宿舍的路上，胖子对海涛说："方劲松和周芬好上了，你知道吗？"

海涛说："是吗？"

胖子说："是的，有人看到他们一起出去了。"

海涛问马定国："这事你知道吗？"

马定国点点头。

海涛对胖子说："你们真是消息灵通啊，你三班的都知道了，我一班的还不知道。"他转过头问马定国，"咱们班就这一对儿吗？"

马定国说："韩丽娜和齐建林也好上了。"

齐建林和胖子同班，都是三班的。

海涛问胖子："这事你倒不知道？"

胖子说："这是老早以前的事，已经是旧闻了。"

多年以后，海涛才知道韩丽娜和齐建林好的时候，做过人工流产，但是两人最后还是分手了。方劲松和周芬也没有走到一起，两人临毕业前就分手了，以至于方劲松在班里发表不满言论，说周芬是大陆杨慧珊，杨慧珊有个外号叫作"千面女郎"。周芬后来移民去了瑞士。反倒是本班的班长赵国宏和毕晓芸，两人考上了同一个研究所的研究生，后来结婚了，生了一个女儿。后来赵国宏离开研究所，下海经商，创办了自己的公司，经常是纽约北京来回飞。他们的女儿考上了北大，是北大的高才生，毕业以后被斯坦福录取，到美国留学去了。

这个学期没有什么课，主要是做毕业论文，海涛最害怕的考试压力骤然减轻了。系里带海涛做毕业论文的指导老师是李铮，而实际指导他的是李铮的学生，一个叫王卫华的年轻助教。王卫华也是刚刚毕业，比海涛大不了几岁，一毕业就留校当了助教。李铮给海涛毕业论文的课题是一个和光纤通信有关的设计，这是海涛第一次接触光纤，也是最后一次。他毕业以后所做的都是和卫星有关的工作，做设备，做系统，都是卫星方面的，和光纤都没有发生过什么关系了。

光年

很多同学都在准备考研，他们除了做毕业设计、写毕业论文以外，还得抓紧时间复习功课。海涛没有这种想法，几年读下来，很多门功课都是勉强及格，补考好几门，他早就不想读书了，只想着赶快毕业分配，好有一个单位去上班。他想的不是考研，而是赶快工作。所以这学期他很轻松，每天都泡在实验室里做实验、写毕业论文。

系里已经通知，刘小龙、聂成刚两个人获得公派去法国留学的机会。一个大班两个名额都落在了一班，这使其他两个班的同学羡慕不已。班里同学都嚷嚷着要他们两个人请客，他俩就买了花生、瓜子，还有一些糖果、糕点，分到了各个宿舍。他俩就不需要再考研了，等毕业以后，先去北京语言学院进修半年法语，然后再去法国。语言学院在五道口，和五道口商场斜对门，只隔一条马路。

海涛他们大班这四年学的都是英语，所以刘小龙和聂成刚的法语基础是零。从这天起，他俩的床头都多了几本法语教材，两人每天都拿着小录音机、戴着耳机学法语。见了海涛，刘小龙一开口就是："Bonjour。"海涛说："你叫我笨猪啊？"刘小龙说："这是法语，就是'你好'的意思。"

他俩获得了留学名额，班长赵国宏想考研究所的学位，这样可以直接留京，不用再等分配工作了。班里保送研究生的两个名额就落到了老饶头和宁子卢的头上，于是他们两人就解放了，从此游手好闲起来，其他想考研的同学还得起早贪黑地努力啃书本。

马定国的成绩其实很不错，系里的老师也希望他能考研，他却和海涛一样不想再读书了，一心只想去工作。系里的老师几次动员他报名，他都拒绝了，老师们也拿他没办法，只好随他去了。

研究生考试发榜了，海涛寝室的王铭、常为贵考上了，大家嚷嚷着要他们请客，常为贵就把钱给了王铭。下午海涛和王铭骑车去了商店，买了很多熟食，又买了几瓶简装的红葡萄酒。晚饭的时候又去食堂打了米饭和几个热菜。大家拿出各自喝水的杯子，把酒倒在里面，孟恒说："来，为老夫子、为贵考上研究生，我们一起干一杯。"吴明说："祝二位高中，将来步步高升，干杯！"大家一起喊："干杯！"于是碰了杯，先干了一杯，然后边吃边喝起来。王铭因为高兴喝了不少酒。

到了半夜，王铭突然喊叫起来，说是头疼、恶心，然后不停地呻吟："我好难受，我好难受。"

全宿舍的人都起来了，有人用手电照亮。常为贵问："怎么办啊？"吴明说："送医院吧。"吴明的爸爸是西安一家大医院的外科主任。

孟恒说："我来背他。"寝室里的人都要去，吴明说："不用去那么多人。"然后对海涛说，"你跟我去就行了。"

孟恒背着王铭，吴明和海涛跟着一起到了对面的北医三院。挂了急诊号，进了诊室，医生询问了情况，一检查说没事，就开了一些止吐的药。孟恒背着王铭，几个人又一起回到了宿舍。大半瓶红酒就喝进了医院，老夫子的酒量也真是不行。后来一有人提起这事，他就怪那个红酒质量不好。

因为海涛从来没有接触过光纤，王卫华就手把手地教他，给他找参考书，教他选择器件，告诉他设计思路。在系里的实验室，海涛第一次见到了Motorola器件手册——一本墨绿色硬皮的书，第一次全面了解了74系列和54系列芯片，也第一次对以前只有纸面概念的TTL电路和cMOS电路有了具体的印象。这段时间，海涛不是待在实验室和一堆的示波器、逻辑分析仪、电压表、电流表、功率表、万用表、电阻电容、二极管、三极管和集成电路芯片周旋在一起，就是在阅览室查阅资料，写毕业论文。

阅览室里，海涛前面的桌子上放着一沓写满钢笔字的方格稿纸，那是他誊写的毕业论文。还放着直尺、三角板、圆规、铅笔和橡皮，以及几张坐标纸，白色的纸上印着橘红色的方格。他打算把论文插图的草稿画成正式的图纸。大班长陈忠走了进来，他也是三班的班长，高高的个子，身材顾长。海涛问他："今年分配，北京有几个名额？"他说："听说有十几个，北京的同学都能留下。"他说完就去借阅处借资料了。上一届毕业的没有这么多留京名额，好几个北京的学生都分到外地去了。海涛接着做他的毕业论文，如果毕业论文通不过，就不能参加分配，他不敢怠慢。

在王卫华的指导下，海涛顺利完成了毕业设计，通过了论文答辩。他已经拿到了毕业证书和学士学位，工作分配的事情也定下来了。他感到很开心，于是想利用最后一个假期去北戴河看看大海，从小到大他还从来没见过大海。

海涛找到了瞿建平。两人由于都是北京人，寒暑假常在一起玩，再加上瞿建平在班里的成绩是中不溜偏下，比海涛好得不多，两人颇有一些惺惺相惜的味道，所以在班里海涛和他关系最好。瞿建平家位于阜成门附近，在一个四合院里。海涛假期去他家玩，瞿建平的妈妈还会包饺子给他们吃。

把去北戴河的想法跟瞿建平一说，瞿建平也很赞同，

光年

因为他也没见过大海，很想去看一看。两人又找来了关箐。关箐也是北京人，因病休学留级到这个班，由于是后来的，在班里没什么朋友。因为瞿建平也是北京人，关箐就总和他在一起。

听到两人邀请他一起去北戴河，关箐满口答应。他喜欢摄影，平时经常背着相机四处去照相。回家以后拿一块一面是红色、一面是黑色的布，把黑的一面朝外，蒙在窗户上，把房间搞成暗室的样子，调配上显影药水、定影药水开始洗照片。他主动地说："我给你们当摄影师。"

海涛还找了马定国和小胖子，马定国家里有事，小胖子不喜欢旅游，他们俩都没有答应。

在离校的前两天，班里开了最后一次联欢会，这次是告别联欢会。下午班里的小教室用课桌围成一圈，到了晚上桌子上摆满了西瓜、花生、瓜子、凉菜和啤酒，同学们都绕着圈坐着。笑面虎沈士团和系里的几个老师也来了，在掌声中他对大家讲了几句话，又在掌声中领着老师们一起走了。赵国宏也讲了几句话。然后大家就开始吃东西，喝啤酒，拿出毕业纪念册互相题字，合影留念。到了后来大家都站起来互相碰杯，有人用碗，有人直接拿着啤酒瓶子，和每一个人碰杯，说着告别的话，一直到深夜才结束。

第二天外地的同学陆续开始离京，还没有走的同学就去送他们，帮他们拿行李，把他们送上离开的汽车。等到外地的同学全都走了，海涛、马定国、瞿建平、小胖子等几个北京的同学也收拾好东西，离开了他们已经待了四年的学校。

七

北京站前的广场上人头攒动，熙熙攘攘。行人南来北往，有人背着行李刚下火车，有人走向公共汽车站，有人去往站前不远处的地铁，也有人坐上了出租车。出租车大都是黄色的小面的，车身右侧有一个推拉式的门，后面有两排座位，能坐五个人，司机旁边的副座还能坐一个人；也有些是红色的两厢或三厢夏利。另外一些人则从地铁、公交车或是出租车下来，背着行李走进车站。

海涛背着包从10路公交车上下来，他和瞿建平、关箐三个人已经买好了今天的火车票，就要动身去北戴河了。他肩上的包里除了日常用品、几天的换洗衣服以外，还有一台海鸥120双镜头照相机，带了两卷黑白胶卷。这种型号的相机一卷胶卷只有12张，之所以用它，是因为海涛自己不会洗照片，更不会放大照片。海鸥135的照片

光年

太小，而到照相馆去放大，价钱又很贵；海鸥120的相片尺寸就大一些，不放大也可以看得比较清楚。北京站的建筑是黄颜色的，大门的两边有两座对称的钟楼。他抬头看了一眼钟楼上的大钟，时间还早。从进站口进入大厅，坐自动梯来到二楼候车室。里面人很多，已经没有座位了，海涛就站在门口等着。不一会儿，瞿建平、关箐先后到了，三人到齐。待开始检票，三人跟着向前移动的人流从两排相对的长椅前走过。到了检票口，穿着铁路制服、戴着大檐帽的女检票员拿着剪票器，在小小的白色硬纸车票上剪了个口子，三人收起车票进了月台。一趟从北京首发的绿皮火车正停在站台里。

很快就要看见向往已久的大海了，海涛有些兴奋和激动。他无数次想象过的大海的样子，大海就要真实地呈现在他的眼前了。关箐这个摄影师很称职，车还没有出站，他就下去在站台上给把头伸出车窗的海涛和瞿建平照相。

列车缓缓地向前行驶，慢慢地开始加速，越开越快，开过丰台后全速向前，车轮碾压铁轨，发出隆隆的声音，向着北戴河方向飞驰。

车到了北戴河，三人在出站口经检票员验过车票以后出了站。北戴河站是一个很小的车站，他们一出门，就有几个人围上来，都是客栈拉生意的，他们便往前走，关箐和其中一个年轻人聊起来。其他两人一看就走开，到出站口等他去了。

往前走了一截，关箐和那人聊得差不多了，就决定去他家住。三个人跟着他走，然后上了他的车，这是一辆货运三轮摩托车，又叫三蹦子。这种车子前面一个轮子，紧挨车厢有一个靠背椅，驾驶员坐在上面扶着车把就可以开了。后面车厢一左一右两个对称的轮子，车厢里两边安了两排座椅用来坐人。三人上去以后，车子就开动了，开出去老远，到了一个村子。瞿建平问那个年轻人："这是哪儿？"年轻人回答："这是刘庄。"

沿着村中间一条大道开过去，拐过几个弯后到了年轻人的家。进了院子，有个年长一些的男人，年轻人管他叫哥。里面有几间房子，一个厨房，这是他家的房子，他是这儿的房东。他领着三人进了其中的一间，这屋里有一张炕、一张桌子，收拾得挺干净。年轻人问："这行吗？"三人看了看说行，就在这儿住下了。

放下背包，海涛迫不及待地要去海边，他拉着瞿建平和关箐出了院子，朝大海的方向走去。当远远地看到一片淡蓝色的海水的时候，海涛的心里却没有一丝激动，反而很平静。他们一起走到了海边，在沙滩上漫步，久

光年

久凝望着那向往已久的辽阔的海洋。

回到住处，进了厨房，看到油盐酱醋齐全，边上还堆着柴火，关箐想要自己做饭，海涛和瞿建平都赞同，就出来找房东哥哥，跟他说想用他厨房里的东西做饭，走的时候一起算钱。房东哥哥满口答应，还说东西随便用，不用给钱。北戴河刚刚开始搞旅游，民风还很淳朴。关箐又问起第二天看日出的事，房东说要到鸽子窝看最好，还说如果要是想去，村里早上有车专门送人去看日出。在问过价钱以后，他们决定第二天坐村里的车去看日出。

下午三人一起去海边游泳。第一次在海里游泳，三个人都很兴奋，互相打着水仗。海水进到嘴里，又苦又涩又咸。海涛很快就学会了迎着浪游过去，看着眼前高高的浪打下来，低头从浪底下钻过去，再从浪的谷底钻出来。他们在海边整整玩了一个下午。

第二天早上还不到四点钟，他们三个就起来了，简单洗漱完毕，房东已经在院里等着了。房东将他们领上一辆金杯面包车，车上坐了几个乘客。车子拉着他们又去别的地方接人，坐满了以后就直奔鸽子窝开过去。

到了鸽子窝，车上的人下来，走到了鹰角亭所在的山上，这里满是等着看日出的人。天还没有亮，四周漆黑一片。盛夏的凌晨，天气还有几分寒意。

天渐渐地有些亮光，东边的海面上出现一丝鱼肚白，不一会儿红色的太阳就从海面上冒出一点头，天空中也隐约出现一些红色。太阳越升越高，半个太阳浮在了水面上，天空中那一抹红色越来越浓，变成了彩霞。最后，一轮红日跃出水面，天空也被美丽的朝霞染红了。

天完全亮了，海涛他们从山上下来，来到海边。这里没有沙滩，各种形状的礁石布满了海岸和浅海。三人就在浅水中的礁石上捉螃蟹、捡贝壳，体验赶海的快乐。

从鸽子窝出来，他们沿着蜿蜒曲折的海岸线往回走，走着走着，看到岸边有一条渔船，渔民刚捕完海蜇回来。他们问渔民能不能上船玩，渔民说可以。他们就在船上做出划船和捕鱼的样子，把新鲜的海蜇拿在手里照相，走的时候一人买了一个大海蜇。

回到住的地方，正好房东哥哥也在。他看到海涛三人手里拿着海蜇就问："你们买海蜇了？"三人说："是。"他又问："打算带回去？"三人回答："是的。"他就说道："这样不行，得用明矾把它硝起来，不然海蜇就化了。"听房东这么一说，三个人就把海蜇都送给房东了。

第三天，他们先去了秦皇岛，然后去了山海关、老龙头。在挂着"天下第一关"匾额的山海关箭楼里有一

光年

个古代兵器展，海涛在这儿第一次看到了真正的古代将军穿的盔甲，以前他只在小人书《三国演义》《隋唐演义》《封神演义》里看到过。

第四天早上，三人一起去了老虎滩公园，在那里玩了一个上午。下午到海边去游泳，在沙滩上晒日光浴，在阳伞下睡觉。沙滩上有租游泳圈和气垫的。说是游泳圈，其实就是黑色的汽车内胎。他们每人租了一个气垫在海里玩，气垫不是很稳，只能趴在上面，躺在上面很快就会翻到海里去。游完泳以后，在海边更衣室用凉水冲了个澡，把身上的海水和沙子都冲掉。

从海边回来以后，三人开始洗菜、淘米，在厨房用柴火生火做饭。关箐提出明天晚上请房东兄弟二人吃顿饭，海涛和瞿建平都表示赞同。去和房东兄弟一说，他们欣然接受了邀请。

第五天早上，去市场买了菜，又买了一瓶衡水老白干。下午还是去海边游泳，回来以后做了一桌子的菜。菜做得差不多了，房东兄弟俩也来了。五个人坐在一起吃菜，喝酒，聊天，喝得很尽兴。兄弟俩走了以后，三人把碗筷洗干净放到厨房里。

第六天一大早，他们去了海产品市场。这是一个用围墙围起来的露天集贸市场，面积很大，里面是一排一排的带顶棚的摊位，售卖新鲜的海螃蟹、海蛎子、鱼，以及鱼干、海蛎子干等干鲜海产品。三人买了一些螃蟹和干货，回到住处收拾好东西，房东弟弟又开着那辆三蹦子把他们送到火车站。在从北戴河返回北京的火车上，海螃蟹等海货堆满了行李架，连挂钩上都挂得满满的。

卷三　星空

一

　　傍晚，海涛回到职工宿舍。宿舍是一栋四层的平顶楼房，有三个门洞，他就住在最右边门洞四层右侧的一个房间。楼前的篮球场上，一些年轻人正在踢足球，这些人都是所里的员工，他们不喜欢打篮球，却喜欢踢足球。他们把篮球架两个支柱和横梁之间的框子当成了球门，你来我往，踢得热火朝天。海涛上楼打开房门，进到了自己的房间。这其实是一套四居室的套间，有一个厨房和一个卫生间。

　　海涛在宿舍待了一会儿，同屋的小邓走进来，往床上一坐说："明天我不上班了，去集训，部里的游泳比赛。"

　　海涛问他："你参加什么项目？"

　　他说："二百米仰泳、二百米自由泳，还有接力赛。"

　　"哪个是你的强项？"

　　他笑起来说："我是十项全能，蛙泳、自由泳、仰泳

光年

都是我的强项。"

见海涛看着他，他认真地说："我自由泳更厉害一点，比蛙泳、仰泳强一点。"

海涛问："能拿上名次吗？"

他说："前三肯定没问题，肯定能拿牌。"

这间宿舍一开始是住三个人，海涛、马定国和小邓。马定国没有考研究生，毕业以后和海涛一起被分到这个所的三室，只是不在同一个组。小邓毕业于华南工学院，跟海涛和马定国同一年进所。他父母是广东人，在北京工作。小邓个子高高的，但模样是典型的广东人，大眼睛，高颧骨，嘴唇厚厚的。他在大学里是校游泳队的，所以身材很匀称。他性格开朗，说起话来经常哈哈大笑。

后来因为房子不够，所里的行政处又把二室的小王塞了进来，现在住的是四个人。所里的老同志叫他小王，同辈的都叫他老王。老王个子不高，身体很结实，年纪轻轻的就谢了顶，一双金鱼眼，戴一副黑色的宽边眼镜。

海涛衣服全都折好后，从壁柜里拿出箱子，把衣服一件一件放进去，然后下楼骑上自行车，去了办公室。在办公室看了一会儿书，就去了隔壁办公室。隔壁有一台彩色电视机，小许正在看电视。小许是个胖胖的河南小丫头，比海涛晚两年到的所里。海涛搬了张椅子一起看。一会儿电视的信号不好了，上面全是雪花点，小许过去调整电视上的两根拉杆天线，把两根天线的位置来回调整，又把一根全拉出来，一根收回去一些。调了半天，雪花点没有了，但颜色还是有些模糊。

过了一会儿赵吉来了，他家是院里的，在室里当试验工。他看到海涛在看电视，就说："别看了，和我下棋去吧。"他拉着海涛不由分说地去了隔壁办公室，拿出盒装象棋，打开盖子，将塑料棋盘摊在桌上，并摆好棋子，和海涛下起了棋。

海涛有两件事玩不过赵吉，一是打羽毛球，二是下象棋。他和赵吉打羽毛球的时候，不管他吊的球离网有多近，赵吉都能一个箭步跨上来把球挑过网。而当他拉后场的时候，赵吉也能从球场的任何位置倒退到接球的位置，把球反拉到海涛的后场。如果赵吉躲开不接，那球一定是出界了。而海涛和赵吉下象棋，也是负多胜少。

两人一招一式地下了很多盘棋。

赵吉问海涛："马定国最近看上一个人了，你知道吗？"

海涛问："他看上谁了？"

光年

赵吉说:"他看上车间的张瑞芳了。"

"哦,是她啊。"

"是啊,马定国去找的她,两人已经好上一段时间了。张瑞芳生病了,马定国还拿着花和水果去她家看过她。"

所里有一个车间,焊接组是其中最大的一个组,组里大都是年轻的女孩子,男的没几个,年纪大的女性结了婚的也不多。因为焊接电路板时需要交接很多问题,焊好的成品也要去车间拿,所以海涛他们经常去焊接组,跟那里的女孩子大都认识。张瑞芳长得挺不错,身材也很好,而且很会跳舞。上次所里过节,张瑞芳还上台表演了一个独舞。马定国比较腼腆,也不爱说话,只有一说起无线电技术的时候,才会眉飞色舞、兴高采烈。他父亲是北京二七机车车辆厂的电器工人,母亲也是厂里的工人。从小受父亲的影响,他对电子技术,尤其是模拟电路和晶体管很熟悉,自己会装晶体管收音机,也会修电视。海涛很头疼的各种三极管电路组态,他是如数家珍。这个平时看起来不声不响的人,现在竟然有这么一手,让海涛对这个老同学不由得刮目相看。

在研究所大楼后面有一排平房,红砖砌的墙,顶上盖的是水泥预制板。这里有器材处、房产处等办公室。

大楼海涛房之间的一块空地被当作了羽毛球场，地上划有白线，中间有两根挂网子的铁柱子。

离工间操还有一刻钟，李光辉就嚷嚷着要打羽毛球，拿着网子下楼了。因为各个室的人都想打球，所以得提前下去占场子。到了工间操时间，海涛和赵吉、马定国、小蔡、余瑛一起拿着羽毛球和拍子下去了。小蔡家是院里的，他的个子比海涛高一点，身材瘦瘦的，大眼睛，高鼻梁，尖下巴，戴一副宽边眼镜。他脾气好，爱说话，总是笑嘻嘻的。余瑛是五个人中唯一的女生，她和小蔡一样，家也是院里的，大学毕业以后就来所里工作，和小许同在结构组。她和海涛一样高，身形瘦长，大眼睛，高颧骨，眉毛细长，性格温和，说话总是轻声细语的。

6个人按照强弱搭配的原则分组，海涛和赵吉搭档，马定国和李光辉搭档，小蔡和余瑛搭档。海涛和赵吉先上，对阵马定国和李光辉。虽然前后场主要都是赵吉包了，但海涛频频失误，还是丢了很多分。赵吉就埋怨海涛，但埋怨也没有用，他们还是输掉了比赛。两个人一起下场，换上小蔡和余瑛对阵马定国和李光辉继续比赛。等他们这场比赛结束，工间操的时间已经到了，几个人把网子拆下来，回去继续上班。

这天晚上，小邓回来了。

海涛问："比赛成绩怎么样？"

小邓说："自由泳拿了第二，仰泳拿了第三，二院那小子太厉害了，自由泳我干不过他。"

海涛说："那也不错了，一块银牌，一块铜牌。"

小邓说："那小子要是不上，冠军肯定就是我的了。"然后发出了他那招牌式的笑声。

海涛接着问："那接力赛呢？"

小邓说："第三棒那小子犯规了，成绩取消了，没成绩，不然至少拿第三。"

海涛说："指导员可又说你了，不好好上班，老是去游泳。不干活，一天到晚光学英语。"

小邓沉默了一会儿，将托福和GRE资料装进包里，说："我去办公室学英语。"

二

海涛又一次来到北京站，离他上次来这儿已经过去三年了，上次是他跟瞿建平和关箐一起去北戴河。这次他要去上海出差，这是他到所里以后的第一次出差。同行的有他的师傅黄德增，他从进所就一直跟着黄师傅，黄师傅是这个项目的负责人，整个系统抓总；有马定国和马定国的师傅刘火仁，刘师傅是设备的负责人，机柜和设备都是他牵头；还有续絮、阿镭和他们的师傅李益华。李益华是所里刚毕业的研究生，他本科实习是在所里，就在那段时间和三室的张莉莉好上了，于是便考了所里的研究生。他是计算机软硬件的总负责人。计算机是买的，他主要负责软件系统的设计，掌管所有程序编制的牵头，自己也编一部分软件。所里的老人没有懂计算机的，所以他一来就挑大梁了。续絮是个女孩子，长发披肩，模样秀丽，身材窈窕。她和阿镭都是刚毕业不久的学生，是李益华的两个兵，负责编软件。余瑛也和他们一起出差，她是去负责安装机柜和检查电缆的。

本来有个很重要的设备是张璨设计和调试的，但她的先生是大学老师，平时住在学校不回家，她得照顾他们刚上小学的女儿，所以提出不出差了。刘师傅答应了她的要求，她是和刘师傅一起负责设备，所以交给刘师傅来接手一点问题也没有。

所里派了一辆小汽车和一辆面包车送他们去火车站。小汽车里坐的是黄师傅、刘师傅、余瑛。面包车里坐的是海涛、李益华、马定国、阿镭和续絮。火车从北京出发后，只是晚上在蚌埠停了一下，然后就一站不停地开到上海。

光年

到了上海以后，这一行人就住在工厂的招待所里。招待所可以换食堂的饭票，他们白天去厂里上班，中午和晚上就在食堂吃饭。食堂很宽敞，有三四层楼那么高，大得像个足球场，可以容纳上千人同时就餐。早饭大家就各自解决了。有人用一个面包、一块蛋糕就打发了，有人到街边的早点铺去吃。海涛大学四年养成了不吃早饭的习惯。马定国在他的毕业纪念册上写道："你像早上9点多钟的太阳一样。"就是笑话他早上起得晚。

到了周末，几个年轻人想出去玩，就拉上黄师傅、刘师傅一起坐轮渡过了黄浦江，到了浦西。海涛以前对南京路的印象都来自电影《南京路上好八连》，这次对南京路有了具体而实际的了解。他们在人山人海的大上海街市上玩了一整天。

下一个周末，几个年轻人还想出去玩，但黄师傅、刘师傅、李益华都不愿意去。海涛几人便过了江，先去外滩公园，再去南京路、淮海路、四川路、延安路。到了中午吃饭时间，几个人找了一家店，海涛要了肉丝面，余瑛、续絮要了阳春面，就是光头面，马定国和阿镭要了排骨面。下午，他们去了上海大世界游乐场。露天剧场坐满了人，舞台上演员正在表演节目，先是滑稽戏，然后是杂技、双簧，接下来有歌手唱歌，又有魔术师表演魔术。

他们玩完游乐项目后，找了一家饭馆点了一桌菜，又要了米饭。上海人无论是做肉菜还是素菜都要放糖，青菜里也有一些甜味。

吃过晚饭，已是华灯初上。几个人欣赏了一会儿大上海的曼妙夜景后，坐上电车去了轮渡码头。上海的公交司机开车都很猛，转弯的时候不减速，在人多车多、路面狭窄的马路上把公交车开得像赛车一样。

比起菜都是甜的，上海的水更让海涛不适应。上海的水喝起来有一股怪味道，来之前黄师傅就说过。海涛带了茶叶，他本来就爱喝茶，可即使泡茶也不能完全盖住那股怪味，喝起来很不舒服。

海涛缠着黄师傅要去杭州，黄师傅拗不过他就答应了。于是海涛、余瑛、续絮、马定国、阿镭就一起去了杭州。在杭州住在一个小旅馆里，临街的一间很窄的屋子，进门右手靠墙放着四张有上下铺的床，五个人晚上就睡在这间屋子里，屋里还有其他人住。

马定国的弟弟正好在杭州上大学。他去找了他弟弟，又带着弟弟和海涛他们一起去了瑶琳仙境。海涛把工作证丢在那儿了，而他们单位进门是要看工作证的。他本想回北京补一个工作证，谁知人还没到北京，所里电话就打到上海来了，说是院里附属工厂的一个老工人到杭州出差，正好也去了瑶琳仙境，捡到了海涛的工作证，就交到了院里，院里又转到了所里。海涛他们去杭州玩的事就被室里知道了，以后室里一开会，指导员就要把这事拿出来说一下。

三

万迅通过了托福、GRE考试，联系了几所大学，其中一所录取了他，马上就要去美国留学了。他把这个消息告诉了朋友们，几个朋友决定为他饯行。几个人一商量，打算去趟康西草原，时间就定在这个周末。

周末的早上还不到6点，大家一起到了德胜门长途汽车站。除海涛和万迅以外，还有苏匀、杨万经、王巍峰和胖子老徐，几人坐上开往昌平的长途车。车子从马甸桥出去就直奔昌平。到了昌平县城，他们又包了一辆黄色的小面的，开到官厅水库边上的康西草原。先在农家饭馆订了一桌菜，其中有一条烤羊腿。然后就到了水库边上，找了一条舢板游湖去了。

到了中午，几个人从船上下来，来到农家饭馆，围着一张桌子坐下。服务员拿来五瓶啤酒，苏匀不喝酒，他滴酒不沾。海涛拿起瓶起子，把啤酒的盖子打开。菜一道一道地上来了，先是凉菜，后是热菜，大家边吃边喝边聊，询问万迅留学的事。有人问他是哪所学校录取的，在哪个城市，属于哪个州。有人问他去学什么专业，将来工作好不好找。有人问他有没有奖学金，奖学金是多少。最后那道烤羊腿上来了，整条羊腿被烤得颜色金黄，外焦里嫩，上面撒着盐、孜然和辣椒面，闻起来特别香。

苏匀拿起刀把羊腿肉切下来放在盘子里，大家开始一起吃，也没吃掉多少。万迅一看就说："呆菲多吃点，你以前是五个煤气罐子。"呆菲是海涛中学时候的外号，他小时候挺瘦的，到北京上中学以后，有一段时间长胖了，在小伙伴里是最胖的，所以得了个"五个煤气罐子"的称号。

海涛说："别我一个人吃啊，大家吃，大家吃。"也不知道是因为客气，还是因为饭量不行，羊腿肉最后还是剩下不少，海涛就一个人把盘子里的肉都吃掉了。

吃完午饭以后，有人提议去骑马。来到租马的地方，海涛看上一匹枣红马，就说："我要这匹。"杨万经挑了一匹五花马："这是我的了，你们谁也别抢。"大家都选好马以后，便骑上马一起往前冲。海涛一直跑在前面，马跑进了一片小树林，它一点也不减速。海涛有些紧张，怕马撞到树。这时后面有一匹马飞奔过来，超过了海涛的马。那匹马被骑马者拽着，头一直偏向左边，却不肯慢下来，反而拼了命地往前跑。海涛定睛一看，骑在马上的是杨万经。

骑过马以后，他们先前包的那辆黄色面的来了。所有人一起上了车，去往县城，一路上大家都在笑话杨万经骑马的姿势像逃亡地主。车子到了昌平长途汽车站后，大家一起坐上长途车回家了。

万迅走的时候，海涛和苏匀一起去了首都机场，送他上了飞往美国的飞机。

四

时间到了7月，夏日的北京，天气炎热。院里的游泳池已经开了，海涛经常在午休时去游泳，游完骑车去办公室上班。游泳池虽然大，但游泳的人太多，像下饺子一样，每游一米都要小心地避开其他人。

小蔡来找海涛："晚上演电影你去看吗？"

海涛问："什么电影？"

小蔡说："芙蓉镇。"

海涛说："好啊。"

"那晚上我去宿舍找你。"

晚上，小蔡拿了张凳子来宿舍找海涛，海涛也拿了张凳子。两人一起下楼，走过几栋房子，前面是一条窄马路，马路向右不远是院宿舍区的大门，门口是一条横马路。正对着大门的是一栋6层居民楼，楼下有一个小商店，卖日用品和副食。紧挨居民楼的左边有一条小路，从这儿进去再往前就能看见游泳池了。

　　窄马路对面是运动场，露天电影就是在这里放映的。运动场最右边是院宿舍区的围墙，其余三面是用两米多高的绿色铁网子围起来的，铁网子的每一面都开了两个小门。进运动场以后左边有几个篮球场，都是灯光球场。院里一年一度的篮球赛就是在这里举办的。每次比赛的时候，水银灯把球场照得如白昼一般，球场边会站满各队的支持者。

　　右边是大操场，雪白的宽银幕已经挂起来了。海涛和小蔡走过来一看，正面已经摆满了椅子，就到了银幕的反面，这里椅子不多。两人放下凳子，去篮球场看人打篮球。

　　夏季天黑得晚，天还没完全黑透，电影就开始了，两人回到银幕后面看电影。银幕反面不如正面清晰和明亮，而且所有影像都是反的，有时会让人产生错觉。

　　电影演完，时间也很晚了，看电影的人群散去。小

光年

蔡自己回家，海涛也回宿舍休息了。

这天海涛下班以后回到宿舍，不一会儿马定国也回来了。他对海涛说："我今天在游泳池看见王华莹了，她和她男朋友在一起，那个男的在教她游泳。说今天游五十，明天游一百，过几天就学会了。"王华莹家是院里的，毕业以后也分到了院里，但跟海涛和马定国不在一个所。

过了半个月，海涛正在办公室上班，电话铃响了，李光辉拿起放在书柜前的红色电话机的听筒，然后他对海涛说："找你的。"海涛走过去，拿起听筒，里面传来王华莹的声音："我要结婚了。"

海涛把这事告诉了马定国，又通知了瞿建平、小胖子，还有赵霞、胡冬芳等几个在北京的同学。两个女生已经事先得到消息了，还有几个人有事去外地了，不在北京。大家一商量，决定一起去王华莹的新家看一看，就商议着买点什么礼物，商量了半天觉得还是应该买些实用的东西。于是大家凑份子，由海涛和马定国去附近的商场买。周末的时候，瞿建平、小胖子、赵霞、胡冬芳几个人特意过来了。大家一起去了王华莹新分的房子，给她带去了一个暖水瓶、一把烧水壶、一套餐具，然后又一起去饭馆吃了一顿饭。

五

海涛又要出差了，这次是去长江边上的一个小城市。这次出差的人少了余瑛、续絮，多了四室的老徐、何阿宝、小于。他们本来可以坐火车到上海再转车，但是上海正在闹流行性甲型肝炎。为了安全起见，所里决定不让他们坐火车，而是坐飞机过去。常州离那儿最近，正好有个机场。联航有到常州的航班，但是买不到票。好在所里很多部门都有空军的家属，所办公室主任就找到财务处的那个空军家属，让她帮着买到了票。一行人从南苑机场飞往常州，坐的是三叉戟客机。一到常州，合作单位就来车把他们接走了。

张璨的设备还有些问题，指标有些偏低，刘师傅让她在所里继续试验调整改进。临出发之前，他特意嘱咐："你抓紧时间做啊，这边校飞一完，就是风云二号任务了。"张璨说："放心吧，保证不会耽误。"

他们到达目的地的那天晚上，主人要请客，下午在招待所，黄师傅和刘师傅谈起了以前请客的事。刘师傅说："以前请客上过鲥鱼，那真是鲜啊，肉嫩得很，味道好极了。"黄师傅讲起了所长李尚仁的轶事："以前在青岛的时候，人家请李所长吃饭，有石斑鱼，说石斑鱼的嘴唇最好吃。鱼一端上来，李所长一筷子就把整个鱼唇夹到自己的碗里。"晚上请客的时候，并没有上鲥鱼，这种名贵的鱼在当时价钱已经是很昂贵了，但是有清蒸鲈鱼。多年以后，海涛读辛弃疾的《水龙吟·登建康赏心亭》"休说鲈鱼堪脍，尽西风，季鹰归未"，才知道一千多年以前，辛弃疾就吃到鲈鱼了。

这天下午天气很好，阿镭提议出去走一走，只有海涛和李益华响应，他又拉上了黄师傅。四个人出了招待所，沿着马路走了一段，穿过一大片田野，就来到了长江边上、当地黄山的脚下。上了山走出老远，有很多战争年代修的工事，都是钢筋水泥的碉堡。经过了很多年，这些碉堡现在看起来还很结实，但也很陈旧，地面和靠近地面的墙上长满了青苔。

从山上下来的时候，海涛看见路边有一条小蛇，他指着蛇对大家说："那有条蛇。"阿镭走过去把蛇抓了起来。李益华说："小心有毒。"阿镭说："没事，这是无毒蛇。"他把蛇拿在手里玩，又放到自己的手背上。海涛过去看，阿镭把蛇递给他说："给你玩会儿。"海涛看没事就接了过来。蛇只有小拇指粗，和一根筷子的长度差不多。他也学着阿镭的样子把蛇放在手背上，感觉凉凉的。玩了一会儿，又还给了阿镭。

回到招待所，李益华、阿镭和海涛三人来到四室人的房间，老徐、何阿宝、小于都在，阿镭把蛇拿给他们看。谁知阿宝一看见蛇就大叫一声钻到了床底，怎么也不肯出来。阿镭看到他这个样子，不由得哈哈大笑起来。李益华看不过去了，就说："行了，别吓唬人家了。"老徐说："这孩子真淘气，快别闹了。"阿镭便拿着蛇到院门外头，把蛇丢进了路边的草丛里，阿宝这才从床底下爬了出来。一个大男人怕蛇怕到这种地步，海涛觉得挺不可思议的。

六

　　船在青岛附近停了十几天，其间开出去过两次。刘师傅接到所里的电话，是张璨打过来了。陆地和船上之间没有电话线，电话是通过海事卫星打进来的。她说所里的设备出故障了，试验工作无法进行，需要一个备件。新的备件还没生产出来，她请求从船上寄一个给她。刘师傅和黄师傅一商量，船上的备件充足，于是决定寄一个给她。寄备件到所里需要从青岛岸上的邮局寄出，海涛一听，马上自告奋勇担负这个任务。黄师傅知道他想借机去青岛玩，就答应了他的要求。

　　第二天一大早，海涛拿上包好的备件，背着他的海鸥135单镜头相机出了舱门，来到船舷边等交通艇。之所以用135相机，是因为现在已经有彩色胶卷了，主要是柯达和富士两种，一卷35张。每次装的时候，把相机放在被子里盖住，用手摸索着装，这样前面可以多出来一张。对海涛和他的同事们来说，彩色胶卷还是很贵的。每到一个地方，只会拍上一两张，一卷胶卷要拍很多地方。有时候一次不会拍完，得等到下一次再拍，全拍完了再拿到照相馆去冲洗。这两种胶卷海涛更喜欢富士的，因为柯达胶卷的颜色比较鲜艳，而富士胶卷的颜色更真实一些，接近景物的本色。

不一会儿船来了，这是一艘小型登陆艇。海涛从舷梯上了船，船上除了海涛以外，还有其他几个人。登陆艇转过一个弯，很快就到了岸边。一上了岸，本着一贯把工作放在第一位的认真负责的态度，海涛先去了邮局，从桌子上拿了张寄件单填好。寄件的地方有几个人在排队，等排到了他，他把东西寄出去，马上出门买了一张青岛旅游图，马不停蹄地去了小青岛、栈桥、天主教堂、水族馆、鲁迅公园。晚上在船属单位的招待所住了一晚，第二天一早又坐交通艇回到了大船。

又过了十多天，试验结束了，黄师傅决定不跟船回去，就从青岛上岸，然后坐火车回北京。几个年轻人都欢呼雀跃起来，因为他们都没去过青岛，都想去玩一玩。上岸以后，黄师傅领着他们去了小青岛、栈桥、天主教堂、鲁迅公园、水族馆、德国监狱，还去了兵器馆，到一艘退役的潜艇里面参观。又花了一整天的时间去了崂山，是从前山上去的，去了明霞洞，一直到了上清宫、太清宫。

后来海涛离开研究所去了外企公司后，去过很多次青岛，时间从一两天到十几天不等。去的次数多了，以至于海涛去青岛都不带相机了。

海涛还带女朋友小静去了一次青岛，除了以前去过的景点，海涛又带她去了八大关，还去了崂山故地重游。这次是从后山上去的，爬到一半小静嫌累不想再爬了，两人就一起下来了，没去太清宫。

卷四 流云

一

　　一架波音737客机降落在厦门高崎国际机场，海涛从飞机上走下来。这是他到法国布尔公司后的第二次出差，也是第一次单独出差。第一次是张耀华带他去的河北保定。

　　这是他第四次坐飞机，也是他第一次坐波音飞机。在进公司以前，他出差去了趟新疆库尔勒。坐火车到乌鲁木齐的时间太长，从乌鲁木齐到库尔勒也要走很长时间。而库尔勒有个机场，是联航的，所里面就批准他们坐飞机来回。飞库尔勒的飞机是伊尔-18，四个巨大的螺旋桨很是威风。因为一周才有一次航班，所以海涛在那里待了一个星期。当地有一种叫作"伊力特"的白酒很不错，于是每人带了两瓶。临上飞机的时候，安检不让通过，他们就把酒送给了来送行的当地朋友。

　　出了机场，搭上出租车，海涛要司机给他找一个酒店，司机就载着他开到了莲花酒店，就在莲湖广场的边上。海涛拿着行李来到酒店大堂的门口，门童向他点头说："你好。"然后接过他拉着的箱子，跟着他一起来到前台。司机也跟了进来，站在他的身边，等他入住后好拿送客过来的提成。海涛问前台："请问标准间多少钱一间？"女服务员指了一下墙上的显示牌说："三百二。"海涛问："能打折吗？"这是他和张建华一起出差的时候学的。女服务员说："已经是最低价了。"他又问："能签单吗？"女服务员说："商场和餐厅都可以签单。"

海涛拿出身份证递给服务员，办好入住手续以后，女服务员把房卡和钥匙牌放在前台。门童从海涛手里接过钥匙牌，领着海涛来到电梯前，按了要去的楼层。门童领着他到了房间门口，用钥匙打开门，把钥匙牌插进卫生间旁边墙上的取电盒里，把箱子放在一个矮柜上。海涛对他说了声"谢谢"，他就转身出去了。

酒店的早餐是免费的，凭房卡到前台领餐券。中午和晚上的时候，海涛都是在酒店的餐厅吃饭，吃完饭以后把住宿卡给服务员，服务员就把账单拿过来让他签单。每次去了以后，就有四个穿红衣服的女服务员过来服务。有一次海涛又去了餐厅，又有四个女服务员过来，这时候站在一边，穿着一身藏蓝色套装的女领班看不过去了，她走过来说："来那么多人干吗？一个人就够了，还一下来四个。"她这么一说，有三个女服务员就走开了，只有一个留下来，以后每次就只有一个女服务员过来。从那次以后，不管到哪里，他再也没享受过这种待遇了。到现在海涛也没想明白，他怎么就那么受莲花酒店那些女孩子的欢迎。

二

燕莎商城对面的一间咖啡馆，海涛独自一人坐在那里，等待女朋友小师。一个二十来岁的漂亮女子在海涛对面坐下来，看着海涛一脸严肃地说："你好，我是电视台的，想请你去参加一个相亲节目。"海涛看她说话的样子很认真，不像是开玩笑。他对她点了一下头说："谢谢你，我已经有女朋友了。"女子听他这么说，就起身走了。

不一会儿，小师进来了。她高个圆脸，一头齐耳短发，皮肤黝黑，身材健美，穿一件浅蓝色的无领无袖衫，脖子和肩膀的一圈都滚着黑边，一条卡其色的齐膝短裤，一双黑色的系带凉鞋，斜挎着一个黑色的包。她在海涛的对面坐下来，说："我刚才去书店了。"海涛问："买什么书了？"小师说："买了本《瓦尔登湖》。"她从包里把书拿出来放在桌上。海涛拿起书边翻边问："你喝点什么？"小师说："我喝摩卡吧。"海涛就把服务员叫过来说："一杯摩卡。"

光年

　　两人坐到下午很晚的时候，才离开咖啡馆。海涛用遥控器打开车门，和小师上了车，从燕莎前面那条路开出一段距离，来到一处被铁丝网围起来的地方，这里是一家汽车影院。车子从挂着指示牌的大门开进去，路的两边都是果树。往里面开进去很远，有座平房，那是影院的餐厅。海涛停好车，和小师一起走进去，找了张桌子坐下。海涛点了牛排和蟹肉沙拉，小师点了牛排和蔬菜沙拉，主食是烤面包片，涂抹了奶油的面包片烤完以后吃着很香。

　　吃完了饭，海涛把车开到放电影的地方，这里还停了很多车子。天黑以后，电影开始了，两人把座椅放下来，海涛把小师抱在怀里，依偎在一起看电影。

　　阳光明媚的午后，郊外空气清新。温榆河碧绿的河水静静地流淌着，两岸是茂密的树丛。河边的草地上停着一辆车，海涛和小师靠在椅背上，静静地享受午后阳光。在这一刻，时间好像凝固了。

　　太阳开始偏西了，海涛和小师坐起来，把座椅靠背调直。海涛发动车子，沿着河边小路开上公路，驶向燕莎方向。他们要去汽车影院看电影。小师拿出一盘她以前放在车上的磁带插进录音机里。磁带开始转动，歌声悠扬动听："我能想到最浪漫的事，就是和你一起慢慢变老……"

海涛在法国布尔公司整整工作了6年，后来他所属的那部分业务被美国迪堡公司收购，他又转到了迪堡工作。公司租了一辆崭新的桑塔纳作为业务用车，每个月还给报销汽油费，他就不开自己的车，而开那辆桑塔纳了。一年以后，迪堡又收购了意大利的Olivetti，从那边接受了一辆切诺基，海涛就开那辆车。切诺基是油老虎，每个月报销的时候，上海总公司的财会总说油钱报得太多了。

就在迪堡收购布尔公司的那一年，美国发生了震惊世界的"9·11"事件。有人劫持了两架客机，分别撞进纽约世贸大厦双子座的两栋大楼。大火熊熊燃烧了将近一个小时，这两栋塔楼先后倒塌了。

卷五　莫名的幸福感

一

在地下餐厅吃完饭，海涛回到京广中心32层的办公室。今天是周末，部门同事出差的出差，办事的办事，只有海涛一个人留守。整个上午，除了接几个电话，海涛一直无所事事。还没到下午上班时间，海涛便靠在椅子上闭目养神。

海涛所在的法国布尔公司所有员工加起来不过30来人。老板是法国人，叫德·米约，大家都开玩笑地叫他"度蜜月"。说是老板，其实就是法国总部派来的现任总经理。京广中心是当时北京最高的建筑。几年以前，海涛还在研究所工作，一次他和师傅黄德增坐车经过，师傅对他说："什么时候你能到这里面来工作？"没想到师傅一语成谶，几年以后，海涛真的到这里工作了。

办公室的墙面、家具和办公桌都是白色的，办公桌的隔板内侧是蓝色的，隔板和桌子的边沿贴着蓝色的边。墙上挂着公司的宣传画，地上铺着天蓝色的地毯。靠外一侧是椭圆形的大玻璃窗，和京广中心的外形一致。

光年

下午上班时间到了，海涛拿着咖啡杯进了饮水机所在的复印间。公司负责打扫卫生的阿姨正在里面坐着。阿姨快60岁了，胖胖的，眼睛老是眯着，眼角有很多鱼尾纹。她已经退休了，但是在家闲不住，就找了这份打扫卫生的工作。每天除了扫地、擦桌子、倒纸篓以外，还负责为大家煮咖啡。

海涛和她打了个招呼，便去咖啡机上接了一杯热咖啡，又从旁边的糖盒里拿了两块方糖，从瓶子里舀了两勺咖啡伴侣放进去。咖啡是用咖啡豆磨出来的，闻着很香，喝起来也不会反酸。咖啡喝完了，阿姨又会重新烧上一壶。

阿姨问海涛："下星期出差吗？"

海涛回答："还不知道呢，现在还没定。"

阿姨又说："我女儿现在也在外企了，她也是老出差。"

"她在哪家公司？"海涛问。

"在一家丹麦公司。"

"她做什么？"

"做销售。"

海涛拿着咖啡正准备离开，部门的女秘书谷瑞斯拿着一沓文件走了进来。谷瑞丝皮肤很白，留着一头漆黑的卷发，眉毛细长，眼睛不大，却是双眼皮，笑起来却有些勾人。她刚结婚不久，先生原来也是海涛这个部门的，在海涛来之前就去别的公司了。谷瑞丝性格泼辣，声音虽然好听，但是说起话来比男同事还冲。

"上午去哪儿了？"海涛问她。

"和程浙去交行总行了。"程浙是海涛部门的经理。

"他下午还回来吗？"

"不回来了。"谷瑞丝说完，拿着文件去复印。

海涛正要出门，谷瑞丝在后面说："你的工作报告该交了，别人都交了，就差你的了。"

"好嘞，我下午就写。"

海涛拿着咖啡回到办公桌前，拿出工作报告，按照上面的格式填写起来，心里却在想着怎样度过周末。他想起了阿月，对付着写完了报告，并交给谷瑞丝，就给阿月打电话。

"喂，是我。"

"嗯。"

"晚上去学校跳舞吧。"

光年

"好的。"

"那一起吃晚饭。"

"行啊。"

"那下班我在学校门口等你，到了给你打电话。"

"好吧。"

海涛又给家里打了个电话，就等着下班了。海涛和阿月是在学校跳舞的时候认识的。周末的晚上，海涛常去学校跳舞，在那里他碰到了阿月。他请阿月跳舞，阿月从来不拒绝他。有时候一支曲子跳完，海涛就站在阿月的身边，阿月也不故意躲开他。下一支曲子，海涛继续请她跳，她也就接着和他跳。就这样，两人慢慢熟悉起来。

下班时间到了，海涛将车开出来，在京广桥下调了一个头，就上了东三环。路上车很堵，走走停停，终于到了阿月的学校。海涛拿出手机，给阿月打电话。不一会儿，阿月走了出来，拉开车门上了车。海涛问她："去哪儿吃饭？"阿月说："拐过弯有个地儿不错，就去那里吧。"

周末，餐馆顾客很多。一个服务员走过来问："你好，几位？"海涛说："两位。"服务员把他们领到一张靠墙的四人桌前。海涛拉开一把椅子坐下，阿月坐到他的对面。服务员拿来菜单，海涛把菜单放到阿月面前："你看吃点什么。"阿月把菜单推给海涛："你点吧，我什么都行。"海涛也不再客气，点了川北凉粉、樟茶鸭、糟溜鱼片、剁椒鸡杂、白灼芥蓝几个菜，又点了个酸辣汤。服务员把菜名记在单子上，送走单子后，拿来两副碗碟摆在桌上，又拿来一壶热茶。海涛先给阿月倒上一碗，又给自己倒上一碗，端起来喝了一口，是大麦茶，有一股麦子的清香。

"我们家那位爱打篮球，吃完晚饭，他就爱去操场打篮球。"阿月说。

"他教什么的？"

"教自动化的。"

"你女儿多大了？"

"上小学了。"

"你结婚真早啊。"

"大学毕业刚参加工作，人家就给介绍了一个，还是同一个学校的，结完婚就生孩子，都是按部就班。"

服务员把菜端上了来，两人边吃边聊。吃完饭时间还早，又坐着喝了一会儿茶，看看时间差不多了，两人

光年

从餐馆出来,海涛开车从前面掉了个头,开到舞会所在的学校,在作为舞厅的小会议厅附近停好车。

海涛买好票后,和阿月一起来到二楼的舞厅。一进门,看到小阮坐在门口,海涛跟他打了个招呼,就和阿月一起找位子坐下。舞会还没开始,舞厅里人还不多,乐队正在试音,乐手们调试着乐器,发出断断续续单调的声音。陆陆续续有人进来,不一会儿位子就坐满了,后来的人站在那里,相识的人聊着天。

舞会开始了,乐队奏起一支欢快的四步舞曲。海涛站起来,牵起阿月的手走进舞场。海涛和阿月的舞步都很熟练,配合也很默契。轻轻一个手势,身体轻微的一个动作,阿月就知道下一步是什么。

海涛是在大学学会跳舞的。大学三年级的时候,学校兴起跳舞。下了自习,大家就把小教室的桌子搬到一边,开始学跳舞。一个录音机,放上磁带,用来放舞曲音乐,会跳的同学当老师。海涛所在的是理工科大学,全班37个人,只有7个女生。这7个女生就成了男生们的舞伴。有时候在宿舍,男同学也互相教着跳。海涛的一个舍友吴明是西安人,吴明爸爸有个同学,他的女儿在对面的北医读书,和吴明、海涛是一届的。那个女孩经常来宿舍找吴明。在海涛看来,那个女孩子是个美人,鸭蛋脸，柳叶眉，高鼻梁，一双漂亮的大眼睛，脸红红的像苹果一样。她的个子不高不矮，身材既健美又匀称。全宿舍的人都看出她对吴明有意思，可是吴明对她不来电。有一次吴明对海涛说："她可有才了，会弹钢琴，唱歌跳舞什么都会，我真想把她介绍给你。"海涛听了没说话，因为他知道那个女孩子喜欢的是吴明。北医女生多，医学院的男生很多都不爱跳舞。开舞会的时候，那个女孩子有时就会叫上吴明和他的舍友去跳舞。

一曲终了，海涛和阿月走到舞场的边上。乐队停顿了一会儿，开始演奏下一支曲子，他俩继续共舞，一曲接一曲地跳着。又奏响一支曲子的时候，一位男士抢先向阿月伸出手，阿月拒绝了他，那位男士悻悻地走开了。

乐队休息时间，音响放起迪斯科舞曲，阿月下场去跳。海涛不喜欢跳迪斯科，就去了露天露台。这时小阮走过来递给他一支烟。小阮瘦高个，浓眉毛，眼睛很大却不那么有神。

"我媳妇怀孕了。"

"哦，那好啊，几个月了？"

"三个月了。"

"还上着班吗？"

光年

"上着呢。"

小阮和他媳妇是同学，他们在大学时就好上了，毕业不久就结了婚。小阮的父亲是一家银行的副行长，小阮也不工作，只炒炒国债，股票是从来不碰的，因为他认为炒股票有风险。

小阮家在大红门附近，离海涛以前工作的地方不远。有时候他会叫上海涛去他们家打麻将。他家是两室一厅，起居室很大，几个人就在里面支上桌子玩牌。打的时间长了，小阮媳妇会做些馄饨和面条之类的夜宵给大家吃。小阮的牌技好，总是赢钱，徐波就会对他媳妇说："你家面条可真贵，三百块钱一碗。"打到深夜，大家都累了，海涛和徐波就睡在沙发和钢丝床上。第二天早上，到木樨园长途汽车站的大街边上，吃一碗卤煮火烧，然后开车一起回家。

有一次，小阮给海涛介绍了个女朋友，是个中学教师。见面那天，女教师带着妹妹一起来了。女教师性格开朗，一直说笑，但海涛没有心动。小阮还挺不解，半是对海涛、半是自言自语地说："挺好的啊，怎么就不行呢？"

有一段时间，小阮总是和一个漂亮姑娘一起跳舞，时间一长，他媳妇就听到了风声。一天晚上，小阮和他媳妇都来了，但小阮还是去找那个姑娘跳舞。他媳妇不高兴了，就过来找海涛，一边跳舞一边找话说，跳完一曲也不走，就站在海涛身边，下一支舞还找他。对他们的事，海涛心知肚明，但也不便多言。小阮媳妇的身材相貌其实一点不输那个姑娘，只是那个姑娘更年轻、更青春一点。舞会刚进行到一半，小阮便独自先走了。他媳妇看他走了，过了一会儿，和海涛打了个招呼，也走了。现在他媳妇怀孕了，海涛心想，他俩也该消停了。

乐队休息时间结束了，又开始奏起乐曲。海涛回到舞场，继续和阿月跳舞。舞会结束以后，他把阿月送回了家。

周一早上是例会。小会议室里，众人围着桌子坐了一圈，程浙坐在桌子的一头，面前摆着一沓工作报告。程浙先是把每个人的工作报告点评了一番，又海阔天空地讲了一通。他讲话的时候，表情很丰富，语调抑扬顿挫，再配合各种手势，很有演说家的味道。他讲完了以后，又要大家发言谈谈自己的看法。大家各抒己见后，会议就结束了。

二

大连周水子机场，海涛正在候机大厅里等飞机。海

光年

涛每年都会来几次大连，对这座海滨城市很熟悉，也很喜欢这座城市。海涛到得早，宽敞的候机大厅里人不多，很安静。阳光透过落地窗洒进来，明亮而温暖。海涛不喜欢坐飞机，每当起飞、降落和颠簸的时候，都会感到非常不舒服。但是他却喜欢在机场等飞机的感觉，特别是人少、航班不多的机场。每当在候机厅里坐着，看书，透过玻璃窗看宽敞的停机坪和跑道上起飞降落的飞机时，他都会有一种非常放松的感觉。

经过不到一个小时的飞行，飞机降落在首都机场。海涛背着包，在电子显示屏上找到所乘航班的行李传送带，走到旁边等着。过了好一会儿，传送带动起来，行李一件一件地转出来。他找到自己的箱子，拉着箱子走到机场外等出租车。等车的人很多，队排得很长，出租车一辆接着一辆有秩序地开过来，引导员把乘客一个个引向出租车。排到乘车口，引导员问他："您去哪儿？"他说了目的地，引导员指向后面的一辆出租车："您坐这辆。"海涛打开后备厢，把行李放进去，再坐到司机的旁边。一路上车很多，到了三元桥，又开始堵车，打车到家的时间，比飞行的时间还长。

第二天，海涛没去上班，在家休息了一天。晚上吃完饭，阿月打来电话：

"你能出来一趟吗？"

"可以呀，去哪儿？"

"你先出来吧。"

"好吧。"

挂断电话，海涛开车去了学校，不一会儿阿月就出来了。

"去哪儿？"海涛又问。

"你先开车吧。"阿月说。

海涛开车沿着樱花西街前行，又开到熊猫环岛。

这时阿月说："去电视塔吧。"

阿月说的电视塔就是西三环的中央电视塔，上面有个旋转餐厅，既可以观光又可以用餐，餐桌就装在最外侧靠窗的旋转平台上，可以看到北京的全景。海涛去过那里，从上面看北京的夜景是很美的。

开车上三环一路向西，已经可以看到电视塔高大的塔身和高耸的塔尖了，阿月突然说："不去了。"海涛心想，阿月今天这是怎么了，一脸的不高兴，行为这么古怪。但他没有问，也没有说话，沿着三环继续开车。阿月也不说话，又开出去好远，阿月才说："我们回去吧。"

光年

海涛便在前面的跨线桥下掉头，从原路往回开，把阿月送回了家。

三

路上的车很多，车速很慢，走走停停。海涛心里着急，可是没有用。到了京广桥，出了主路，调头又用了好长时间。好容易到了京广大厦底下，又找不到停车位。转了一圈，在呼家楼邮局附近才找到一个位置，把车停了进去。进到楼里，等电梯的人很多，海涛随着众人走进电梯，超重报警器又"嘟嘟"地响起来，海涛只好退出来，等下一部电梯。进公司大门的时候，还是晚了几分钟。

张建华正在座位上边喝咖啡边翻着一本杂志，杨明在写着什么，他每天都是第一个到办公室。海涛还不是最晚的，又过了一会儿，袁飞、小罗、小朱才陆陆续续到了。大家闲聊了几句，就开始各干各的。

杨明以前和海涛一样，也是在研究所工作。所里派他到法国进修了两年。别人进修都是抓紧时间学外语、学东西，他却抽空跑到戛纳海滩卖冰棍。张建华学的是日语，以前在一家日本公司工作，因为受不了日本人严格的制度，就跳槽来了这家公司。在这家公司，他们两个算是元老级人物。

程浙领着一个人走了进来。海涛一看，是个高挑的女人，身穿深蓝色职业套装，留着齐耳短发，戴着一副无框眼镜，眉目清秀，却颇有气场，浑身上下透着一股成熟女人的味道。程浙给大家介绍："这是市场部新来的经理陈燕，大家认识一下。"陈燕笑着和大家打招呼，问了每个人名字，又说了几句客套话，便和程浙一起走了。

此后，海涛有时会在公司碰到陈燕，也听到一些有关她的传闻：她以前在政府部门工作，去法国进修过两年，能说一口流利的法语，后来跳槽到外企。她先生是她原来单位的同事，现在还在原单位工作。

四

徐波最近新认识了一个叫小刘的女朋友，他想和她一起出去玩，就来找海涛拿主意。海涛想起阿月曾经说过百花山很不错，就给阿月打电话，阿月答应一起去。商量好时间，周末的早晨，四个人就一同出发了。

海涛开车，阿月坐副驾，徐波和小刘坐在后排。四个人里只有阿月去过百花山，所以她负责指路。她要带大家去的第一站是青龙峡。去青龙峡的路，先是乡村和田间的公路，到后来就是野地里的土路，路的两旁是野草、水洼和小丘。阿月指的路一点也没错，在荒野里开了好长时间，青龙峡到了。他们把车停在大坝下的停车场，从大坝上的台阶上到游艇码头。

等游艇的人很多，排成一个长队。碧绿的湖水被夹在两岸的青山之间，游艇开向湖深处，激起一道道涟漪，这里的风景真的很美。

从青龙峡出来，阿月要带大家去川底下村。又开了很久的车，川底下村到了。他们在村口停好车，走进这个依山而建的古老村落。这里多是带有小院的灰瓦平房，门和窗均为木质。从山脚到山顶，一排一排房子高低相间，错落有致。村子古朴而宁静，把人带回到百年以前的岁月。

晚上一行人就住在斋堂附近的一个小旅店里。房间很小，进门一侧是卫生间，靠窗放着一张方桌，桌子两旁是两张单人床。阿月去卫生间冲澡，冲完回床上躺下了。海涛开了一天的车，感到很疲倦，连澡也没冲，阿月跟他说话，他也没听清，嗯嗯啊啊地答应着，没多久就睡着了。

第二天早上，海涛醒来的时候，天已经完全亮了，拉开窗帘，可以看到外面明媚的阳光。阿月也醒了，但没有起床。

"我的腰和背都有点酸。"阿月说。

"我给你按摩按摩。"海涛就像个按摩师一样给阿月按摩起来。他先揉她的双肩，揉了一会儿，再按她的背，慢慢地从上按到下。又按了好一阵，开始按她的腰。按着按着，他的手抓住阿月睡裤的裤腰，轻轻往下拉了点。

"行了啊。"阿月说道。

海涛停住手，从床上下来，进了卫生间。

阿月站在桌子前，面向窗户梳着头。听到海涛从卫生间出来，阿月没有转身，说："原来多好的一个姑娘，现在变这样了，这要让别人知道了会怎么说啊？"海涛没说话，走到床前收拾东西，阿月放下梳子进了卫生间。

旅店准备了早餐，有馒头、菜团子、小米粥、咸菜、大块的红色酱豆腐，还有一盆凉拌圆白菜。圆白菜切成丝，放了醋和白糖，味道很好。海涛吃过一碟以后，又去添了一次。吃过早饭，四人拿好东西，上车向百花山的方向开去。

百花山上，山路用石块砌成，两旁是漫山遍野的松树，空气中弥漫着松树的清香。虽然是大晴天，但行走在被松林掩映的小路上依然很是凉爽。几个人在蜿蜒的山路上走了很长时间，石阶没有了，变成满是碎石的土路，愈发难走。海涛觉得有点累，就从路边捡了根木棍撑着走。

终于到达山顶后，赫然出现一个宽阔的草原，海涛放眼望去，草地如波浪一样起伏，侧面的山峰是草地的屏障，又使得景色更加生动。

"太美了。"小刘喊道。

"是啊，感觉像到了大草原一样。"海涛说。

"要是有马就好了，可以在这骑马。"徐波说。

海涛喜欢骑马，每次去草原都会骑马，有时还会到乡间，在寂静无人的山林中骑马跑上十几公里。

草地上开满五颜六色的野花，四人漫步其中。"在这儿野营也不错。"阿月说，"搭上一顶帐篷，呼吸新鲜空气，享受美味野餐，多美啊。"

海涛观赏着周围的景致，山顶是宽阔的草原，四周群山环抱，大小山丘形如奔腾的群马，拱卫山巅。徐波和小刘去远处照相，阿月去采野花，海涛一转头，在开满野花的草地上，阿月长发飘飘，一袭白衣，独自站在蔚蓝的天空下。

五

海涛和杨明从西安出差回来，听到同事们在议论，市场部新来了个叫小陈的女秘书。海涛在公司常看到小陈，但除了工作以外，和小陈没有太多接触。有时候小陈过来办事，经过海涛跟前，会停下来和海涛聊上几句，但关系也不密切。小陈在公司待了一年以后，就去了别的公司。

这天下午，海涛正在办公室，财务部的玛丽走了进来。玛丽三十多岁，是马来西亚人，到公司已经半年多了，最近回了趟国。她手里拿着一包糖，一边和大家打招呼，一边把糖分给大家。玛丽笑着说："榴梿糖，挺好吃的。"其他人接过糖，都剥了一颗放在嘴里。海涛接过来，把糖抓在手里没动。等玛丽走了，他把糖递给旁边看书的小罗。小罗问他："你不吃吗？"海涛回答："我不爱吃。"小罗说："挺好吃的。"海涛说："我受不了那种味道。我不但不爱吃榴梿，热带水果都不爱吃。什么火龙果、山竹啊，我都不爱吃。"小罗听了，也不再说话，继续看他的书。小罗准备出国，上班没事的时候就在学英语。同事们都假装没看见，程浙也是睁一眼闭一眼。后来小罗去美国留学，又在那里工作，这已经是几年以后的事了。

光年

周五，海涛正在看一种新设备的英文资料。他英文口语、听力不行，外国人说话他全听不懂，看英文电影时如果没有字幕，照样还是听不懂，但他阅读没问题，专业的英文资料，只要翻翻词典，他就能读懂，也能翻译出来。

"你明天能陪我出去一趟吗？"阿月打来电话。

"可以呀，什么时候？"

"下午两点，你在门口等我。"

"好吧。"

第二天中午，海涛开车到了学校门口。差不多的时间，阿月出来了。上车以后，她对海涛说："我有个朋友在赛特，她说今天有打折的东西，我想去看看。"海涛开车到了赛特，两人一起上到三楼，阿月走到一个柜台，和营业员一说，营业员进后面把她的朋友叫了出来。两个女人开始聊天，海涛就在旁边等着。两人聊够了，阿月的朋友带她去看衣服。阿月拿了一件毛衣搭在身上，问海涛："这件行吗？"这是一件圆领驼色竖纹毛衣。海涛看了看，说："这件挺好的，你穿挺合适。"阿月又挑了几件衣服，她的朋友接着带她去了卖鞋的柜台，阿月再挑了几双皮鞋，跟朋友又聊了几句，就和海涛一起离开赛特。看看时间还早，两人一起去了后海，在一家酒吧二楼靠窗的位置坐着。透过窗子可以看到后海，对着窗子有一个很大的木头平台，有雕花的栏杆，就在水的边上。海涛要了一壶茶、一个果盘和一些小点心。一直坐到晚上，找了个饭馆吃完饭，就送阿月回家了。

六

海涛正在办公室做准备，他明天要飞济南。谷瑞丝走进来，把一个印着飞机和地球图案的机票袋递给他："给你机票。"海涛拿出机票打开看，旁边的小宋问："哪个航班？"海涛说了航班号，是国航的航班。小宋是个高个的帅小伙，高颧骨，两道剑眉浓黑，一双大眼炯炯有神。他女朋友是国航的空乘。明天正好是她的乘务组执飞这个航班，尽管她本人并不当班，但小宋还是对海涛说："你明天跟她们提我的名字，就说是我的同事，要她们给你换到头等舱。"谷瑞丝说："不错啊，免费升舱了。"第二天临上飞机，海涛一想，不到一小时的时间，坐头等舱也没那个必要，就没去找乘务员，还是坐普通舱飞到了济南。

从济南回来后，海涛就开始忙一个关于培训的工作。这天他正在写讲义，桌上的电话响了，是程浙打来的，他告诉海涛，陈燕的电脑坏了，要他去看看。陈燕的办公室面积不大，文件柜中放满了文件和资料，她坐在电脑桌前的皮转椅上，笑着对海涛说："我这电脑不能用了，你给看看吧。"海涛说了声"好"，她站起身，把椅子让给海涛。海涛坐下来检查，修好电脑后，对她说："好了，你试试吧。"陈燕试了试电脑，笑着对他说："谢谢你。"

不久以后，陈燕想将海涛调到她的部门，程浙却不同意，陈燕就招了一个叫靳书刚的人。

程浙过来和大家谈工作时，顺便告诉大家一个消息，原来市场部的秘书小陈得了癌症，已经住院了。海涛因为和小陈不是很熟，也没往心里去。

七

夏天的傍晚，天还没有完全黑，青年湖湖心岛的舞会已经开始了，乐队在演奏着舞曲，海涛和阿月一起跳舞。

这是一个四面环水的小岛，两边离岸近的地方各有一座小桥。岛上有一幢白色的房子，白天这里是茶室。一条白色的回廊和房子相连，四周种着柳树，放眼一望，可以看到公园的风景。在这样一个柳岸成荫、碧水环绕的小岛上跳舞，别有一番情趣。

一曲探戈结束，乐队又奏响慢四舞曲。岛上的灯完全黑了，夜空中只有星光闪烁。海涛放开阿月的手，转而轻轻地搂住她的腰，将她拥入怀中。阿月没有抗拒。在学校跳舞的时候，灯光总是亮的，海涛从没这么做过。今天在夜的黑暗中，海涛才把阿月拥在怀里，两人慢慢地舞着。

从湖心岛到公园门口还有一段距离，小路两旁有月季和顶部修平的低矮绿植，空气中时而飘来一阵若有若无的丁香花的香气。阿月轻轻拉住海涛的胳膊，两人慢慢地走到公园门口。

路上车不多，人也不多。行道树遮蔽在路的上方，投下暗影。天凉爽下来，偶尔一阵微风吹过，使夏天的夜晚有了一种寂静的感觉。

"我们认识挺长时间了。"

"是啊。"海涛说。

"会有结果吗？"阿月沉默了一会儿，望着前方，突然这样说道。

海涛脸上没有表情，心里却愣了一下。他没有回答阿月的问题，因为他不知道该如何回答。他不知道阿月怎么会忽然说出这样的话来。他一直拿阿月当朋友，也一直认为阿月只是拿他当朋友。尽管他喜欢阿月，也曾经想要和她亲热，但他知道她有家庭，有女儿，他从没想过要去改变这一切。对于阿月的话，他也只有无言以对了。

八

这天上午，程浙对大家说："小陈去世了。""啊！"海涛大吃一惊，虽然他和小陈不是很熟，但毕竟同事一场。上次听说她得癌症的时候，完全没想到情况这么严重，才一年多的时间人就不在了。想想小陈才二十多岁，还是个未婚的小姑娘，海涛心里还是有些为她难过。

小陈的告别仪式在肿瘤医院告别室举行。下午，大家坐上公司的班车一起去肿瘤医院。告别室门口，有人给每人发一枝白色的百合花。小陈静静地躺在鲜花丛中，穿着白色衣裤，脚上穿着一双黑色系带的皮鞋。然而海涛看到的却不是他认识的那个小陈，她的脸上化着浓妆，嘴唇涂得通红。他有些怀疑，躺在那儿的真的是小陈吗？

在场的亲属只有小陈的爸爸一个人。大家在灵床前静默了一会儿，沿着灵床走过去，眼睛注视着小陈，用目光和她告别。走到她身边的时候，把手里的百合花放在她的身上。和小陈爸爸握手以后，又从灵床的另一边走过，绕着小陈走了一圈，然后走出告别室。

从医院回来的路上，海涛和靳书刚坐在一起。靳书刚对他说："赶快结婚吧，人生是很短的。"靳书刚曾经给海涛介绍过一个叫张丽的女朋友，海涛和她交往过一段时间，后来因为性格不合分开了。靳书刚的话说到了海涛的痛处，他半天没说出话来。

九

晴朗的早晨，阳光明媚。海涛开车出石景山，向郊外开去。他的旁边坐着娟子，两人准备去百花山露营。录音机里放着时下流行的歌曲，海涛的心情和天气一样好，娟子也是一副轻松的样子。

娟子圆圆的脸，大大的眼睛，长相甜美，个子不高，但身材丰满，可谓珠圆玉润。为了这次露营，两人做了充分的准备，带了帐篷、睡袋、防潮垫、防风炉、气罐、锅碗和勺等用品，还有水、啤酒和许多食物。两人的背包都塞得满满的。

车子行驶在乡间公路上，四周青山连绵，两旁时而出现高大的白杨。这条路海涛只走过两次，但大致方向还记得。

"我们那儿可好了，等你去的时候，我给你当导游。"

"那你会做菜吗？"

"会啊。"

"人家都说最考验厨师水平的川菜是鱼香肉丝，鱼香肉丝做得好，才真正算是会做川菜。"

"我做得可好了。"

娟子的声音很甜，她是四川人，说普通话不带卷舌音。她按了一下录音机上的按钮，磁带弹了出来，她把那盘磁带拿出来，换上一盘新的。

快到中午，海涛看到路边有一家农家饭馆，就开过去在门前停下车，两人一起走进饭馆。老板拿来菜单，海涛点了几个菜，和娟子一起吃完饭，又向老板问了问路，就继续往前开去。

看到前面出现转弯的上坡路，他知道百花山到了。停车场里车不多，四周没有一个人。两人下车拿出背包和物品，娟子的背包很大，再加上面的防潮垫，已经超过她的头顶了。海涛不禁有些担心，他问娟子："你行吗？"娟子说："放心吧，没问题。"

依旧是石头台阶，依旧是漫山遍野的松树，依旧是林间荫凉的小路。除了海涛和娟子，山路上再没有一个人。两人拿着登山杖，一前一后开始爬山。快到山顶的时候，海涛发现以前的碎石土路已经修成石阶路了。海涛忽然有些担心。到达山顶以后，看到已经有人在野营，三三两两地搭着一些帐篷，他的心放下了。

两人找了个又平坦又避风的地方开始扎帐篷。把支架撑开，篷布挂上去，海涛用地钉把支架固定住。娟子挂上固定绳，海涛再把绳子拉紧，用地钉固定在地上。帐篷搭好了，天也已经黑了，海涛把气罐和炉子接好，娟子用火腿、黄瓜、胡萝卜丁做了个炒饭，又用带来的蔬菜做了一个沙拉，还有一个汤。吃完饭、喝完汤，海涛就着火腿和熏鱼喝啤酒，娟子也能喝一点。

用餐完毕，两人把东西收拾好，把包放进帐篷，戴上头灯，拿上手电，一起向草地走去。夜空静谧而深邃，繁星点缀其间。两人走到几顶帐篷附近，一些人围在一起玩"杀人游戏"，娟子过去和他们聊天，海涛就在原地等着。娟子聊了一会儿就回来了，两人继续向草原深处走去。

半夜，海涛醒了，觉得帐篷里有些憋闷，胸口不舒服。他连续做了几个深呼吸，看看旁边的娟子，她睡得正香。海涛揉了揉胸口，继续深呼吸，过了一会儿感觉好了一些。一阵困意袭来，他又睡着了。

第二天早晨醒来的时候，娟子已经不在帐篷里。她把早饭做好了，煎了培根、鸡蛋，还煮了咖啡。海涛吃过培根和鸡蛋，就着咖啡又吃了一块蛋糕。

吃过早饭，两人又一起向草原走去。早晨清凉，空气中青草的味道使人心情舒畅。走着走着，娟子慢了下来，海涛独自走到山边，隔着一条缝隙，有一块巨石。他跳过去，站在石头上眺望远山。连绵不断的群山很有层次感，近处的呈青黛色，稍远的呈深蓝色，再远些的呈浅蓝色，直至和天空融为一体。

娟子捧着一束野花走了过来。海涛伸出手，娟子一手捧花，一手握住海涛的手，跳了过来。"这个给你。"娟子把花递给海涛。巨石旁边有一条小路，"我下去看看。"娟子说着就从小路下去，留下一个粉红色的背影。

"多么美好的一个早晨。"海涛心想。他望着连绵起伏、重峦叠嶂的群山，深深嗅闻着那捧野花的香气。

十

天色已黑，海涛站在路灯下，等候露茜。这里远离城市中心，狭窄的街巷中没什么人。一个人迎面走过来，海涛一看，是个年轻姑娘，个子高高的，身材很苗条，穿着一件天蓝色的上衣、一条紧身牛仔裤，两条修长的腿在海涛看来有些偏瘦。女孩长发披肩，戴一副眼镜，说不上漂亮，但也不丑。

"你是露茜吗？"

"是的。"

"你好，我是戴维。"

"你在哪儿上班？"

"京广中心，你呢？"

"我在国贸。"

"那我们离得很近啊。"

"是啊。"

两个人距离很近，住得却又很远，海涛穿越大半个北京城才到了这里。

"我们去哪儿？"

"去静之湖酒店吧。"海涛在那里开过一周的会，所以知道那个地方。

"好的。"

"你有多高啊？"海涛忍不住问了一句。

"1米72。"

"可真不矮。"海涛心里想。海涛的前女朋友中，最

光年

高的小师也不过1米68。这让他不由得想起那个有着宝钗一样的面相和性情，长眉毛、大眼睛、身材挺拔健康、皮肤黝黑的姑娘。

静之湖酒店在郊外，因为只去过一次，又是在夜里，海涛认不清路，不得不下来问了两次。再往前开，寂静的路上灯光昏暗，看不到一个人，车灯明晃晃地照亮了空旷的田野。露茜的脸上流露出一丝不安，她对海涛说："我们回去吧。"海涛看了她一眼，没说话，在前面调了个头。往回开了一段，露茜好像有些歉疚，她对海涛说："我们还是去吧。"海涛只说了一句："好吧。"他又开了很久，终于把车开进酒店的停车场。

海涛和露茜一起穿过由假山、凉亭和一个面积不小的湖组成的宽阔庭院，来到灯火通明的酒店大堂，前台女接待员微笑着向他们问好。海涛登记以后，就和露茜去了楼上房间。房间很大，地上铺着厚厚的地毯，厚重的窗帘已经拉上。一张大床，床对面的柜子上有电视。床上铺着被子，还有两个枕头。

一进房间，露茜就去了卫生间洗澡，海涛倚在床上看电视。新换的床单、被子和枕头有一股清新的气味。

露茜洗完澡，头上包着白毛巾，身上裹着浴巾，从卫生间出来。海涛坐起身默默地看着她，她肩膀平平的，不宽不窄，两臂纤细，锁骨明显，两边各有一个秋湖一样的窝，浴巾上方露出的胸脯饱满细腻；肌肤雪白光滑，即使裹着浴巾也能看出身段苗条，大腿修长。摘掉眼镜的她，看起来还有几分妩媚。

这天以后，海涛再没和露茜联系过。几个月后，海涛接到露茜打来的电话：

"我在广州。"

"嗯。"

"我怀孕了。"

"啊！"海涛大吃一惊，"怎么会这样。"

"是你的，我没和别人。"

"那怎么办啊？"

"我已经做掉了。"

海涛有些意外，他没想到露茜会自己去做掉。露茜没再说话，海涛就问她："你为什么不来找我？"

"因为你对我不好。"露茜恨恨地说。

海涛沉默了，他听出了露茜的怨气。停了一会儿，他问露茜："那你想要我做点什么？"

"我不想要你做什么，我只是想让你知道。"露茜说。

光年

海涛感到很歉疚，他真心诚意地对露茜说："对不起。"

听海涛说对不起，露茜便挂断了电话。收起电话，海涛内心忽然涌起一种莫名的幸福感，虽然不强烈，但很真实，连海涛自己也不明白怎么会产生这样的感觉。这种感觉很快就消失了。此后，海涛偶尔想起这件事情，却再也没产生过那种感觉。

卷六 光年

一

整个上午，海涛都在奋笔疾书，他的笔就是电脑屏幕前的键盘。手机响起，海涛一看，是朋友江涌打来的。

"你下午有事吗？"江涌问道。

"没事。"

"我的别墅装修好了，我带你去看看。"

"好啊。"

"那下午一点，我还在建行门口等你，到了我给你打电话。"

通完电话，海涛继续写文章，这篇文章他已经写了一段时间，并且一直在修改。这篇文章的名字叫作"现代物理学之批判"。

下午一点左右，江涌打来电话："我已经到了。"

海涛说："好，我马上过来。"

江涌说的建行就在一条宽阔马路的边上，马路中间

光年

的隔离带种满了各种颜色的月季花。拐过几个弯，经过一所中学、一家房地产公司、几家小餐馆、一个厂子的大门，再过一条小马路就到了，海涛看见江涌站在一辆白色丰田凯美瑞旁边。他以前开的是一辆红色富康，现在早就换车了。他家里还有一辆蓝色现代SUV，两辆车他和他太太换着开。

海涛以前有一辆墨绿色的两厢夏利，那也是他唯一有过的一辆车，那时候江涌开的就是红色富康。海涛的车是分期付款买的，两年才还清贷款。当时海涛在法国公司工作，公司的同事都是分期付款买车。海涛所在的部门新来了一个姓张的女主管，是从法国留学回来的，看到部门的同事们纷纷买车，就说："我还没买车呢，你们都买了。"

江涌说："先抽支烟。"他掏出烟，递给海涛一支，自己也拿了一支，然后拿出打火机，点上烟两人抽着。

海涛平时极少抽烟。在研究所工作的时候，他抽过一阵子烟，但很快就不抽了。只是不抽了，甚至算不上戒烟，因为没有戒烟的过程。海涛不抽烟可能和外公有关系，外公就是因为抽烟抽得太多，得了肺气肿去世的。虽然现在的烟比那时候的质量好，还有过滤嘴，但毕竟含有尼古丁。

抽完了烟，江涌说："走吧。"他拿出遥控器打开车门，上了驾驶座，海涛上了副驾驶，关上车门。江涌说："把安全带系上。"海涛从窗边拉过安全带系好，江涌便发动车子，开出了停车场。

　　汽车从三环上了高速。海涛打量车内装饰，仪表板和门边的扶手都是用深色樱桃木装饰的，工艺考究。月白色的座椅皮质细腻、光滑、柔软，像是小羊皮的。车体很宽，车内空间很大，座位也很舒适。车辆在高速行驶的时候，发动机的声音很均匀，车内几乎没有噪声。江涌打开调频收音机，一男一女两个播音员正在播报路况："东三环目前车流量很大……西直门爆堵……杜家坎爆堵……"播音员时不时冒出来的一句"爆堵"总让海涛想到护国寺小吃店的小吃。

　　汽车在高速上开了好一阵，从出口上了一条宽阔的马路，途经一个门口有绿色岗楼的大院时，江涌说："这是阅兵训练的地方。"最后，车子在一个铁艺大门前停了下来。这是一栋二层别墅，前方有一个很大的院子，被木围栏围了起来。江涌下车打开铁门，把车开进院子。

　　江涌打开房门，进屋拿了一根带扳手的铁棍："我去把水的总开关打开。"他向院子里走去，海涛跟了出来。"没人的时候总阀门是关着的，怕漏水，人来了再开。"

光年

江涌把一个漆成绿色的井盖掀起来，用扳手打开阀门，然后又把井盖盖上。

回到屋里，江涌拿起电热壶接了一壶水，开始烧水。"我带你参观一下。"江涌带着海涛开始在屋里参观。一进门是餐厅和厨房，餐厅里放着一张实木餐桌和几把实木椅子。右手边和正对着的地方是橱柜和灶台，灶台上有一台抽油烟机，橱柜都是加拿大枫木的。橱柜的边上是一个大冰箱。左边是一个很大的下沉式客厅，放着一组布艺沙发，沙发正对着电视柜，墙上挂着一个大屏幕的液晶电视。

楼梯在厨房和客厅中间靠后面的位置，楼梯旁边有一堵墙，墙上有一个装饰性的壁炉，壁炉上面放着一个很大的蒸汽机车模型。墙后面有卫生间、洗衣间，还有一间小卧室。"这是给保姆住的，也可以给客人住。"江涌说。

上到二楼，二楼有一间书房，内有一张书桌、一个书柜、一张皮转椅；一个带卫生间的主卧，主卧向阳的一面通向大阳台。"拿把椅子在这晒太阳不错。"江涌说。

二楼还有个卫生间和一间小卧室。小卧室里面有一张小床、一个柜子、两把椅子，外面也有一个阳台，但面积很小。

从楼上下来，江涌说："你去外面亭子里坐着吧，我拿点饮料过来。"

那是个木头做的西式小亭子，柱子和顶上的脊漆成了白色，顶漆成了天蓝色。亭子里放着一张铁艺桌子和几把铁艺椅子，海涛找了一把椅子坐下来。这里地势较高，视野开阔，可以俯瞰群山。往刚才来的方向看过去，那些涂上各种颜色涂料的别墅看起来色彩鲜艳，像是装饰此地的风景。

江涌拿了两听王老吉过来，又将烟灰缸、烟和打火机放在桌上。

"抽烟。"江涌说。

海涛拿出一支烟点上，江涌也点上一支烟。

"这房子不错。"海涛说。

"这都是北美、加拿大式的。"江涌说。

"这是石头盖的吗？"海涛问。

"不是，这是钢筋混凝土结构的，石头是外面贴的。"

抽完了烟，两人一人打开一听王老吉喝着。

"你知道大师的事吗？"江涌问。

大师是他们以前的同事。

光年

"不知道啊。"海涛问，"他怎么了？"

"他把他的一套房子抵押出去炒期货，期货赔了，贷款还不了了，房子被银行收走了。"

"他在公司的时候做事就挺夸张的，股票赚钱了，出差就住五星级酒店。股票赔钱了，就住招待所，吃方便面。"海涛说。

"是建国门附近的房子，可值钱了。"

"你现在和他还有联系？"海涛问道。

"有啊，有时候我跟我老婆，他和夏芸，我们一起吃个饭。"江涌回答。

"他现在干吗呢？"

"在一家外企，当地区经理。"

"夏芸还在原来那家公司吗？"

"不在了，夏芸现在去保险公司卖保险了，我的车险就是从她那买的。她还卖给我两份理财保险，前两天她刚把保单给我送来。"

"理财保险收益不高啊。"海涛说。

"买保险踏实，钱在自己手里，老想买股票。"江涌说。

夏芸是大师的太太，海涛见过两次。一次是在公司年会上，还有一次是海涛和女朋友张丽在西四庆丰包子铺排队的时候，正好大师和夏芸也来了。大师看见海涛和张丽在一起就问："这是你女朋友吗？"海涛说："是的。"夏芸问："什么时候结婚啊？"张丽就说："八字还没一撇呢。"

大师只比海涛早一点点进公司，而江涌比他们两人晚很多。那时候公司老有出差的机会，有一次程浙让大师去香港，大师不想去，就推说让海涛去；程浙让海涛去，海涛也不想去，就拖着不办手续。程浙一怒之下，再也不给海涛出国的机会。后来大师和江涌都去过法国，海涛却哪儿也没去过。

王老吉喝完了，江涌又去沏了一壶茶，两人边喝茶，边抽烟。看看时间差不多了，江涌说："回城里吃饭吧。"他开始收拾东西，关上水的总阀门，锁好门，把车开出院子，再锁好院子的铁艺栅栏门，就开车下山了。

乡间的公路上没什么车，一路上都很顺。离三环越近，车越多，上了三环就开始堵车了。车上的调频收音机在播报路况："……车流量较大……爆堵……杜家坎爆堵。"海涛记得在他开车的时候，路况就总报杜家坎爆堵。在他的印象里，杜家坎永远都在爆堵。

光年

车子停在一家餐厅的门口，两人下了车，一起走进餐厅。餐厅里人很多，服务员把两人领到一张空桌前，两人面对面坐下来，江涌拿起菜单开始点菜。

"来一条烤鱼。"江涌说。

"要麻辣的，豆豉的，还是蒜香的？"服务员问。

"豆豉的吧。"江涌说。

"别的还来点什么？"

"再来个山城辣子鸡、干煸豆角。"

"别的还要什么？"

"别的不要了。"江涌向海涛解释道，"蔬菜就不要多了，烤鱼里面有不少配菜。"

"饮料来点什么？"

"你来瓶啤酒吧？"江涌看着海涛问道。

海涛点点头。

"一瓶啤酒。"江涌对服务员说。

"燕京还是纯生？"

"纯生。"江涌说，"再来一个酸梅汤。"

这家店的酸梅汤是用大号的玻璃壶装的。

服务员做好记录后走开了。江涌和海涛起身去放凉菜的柜台取菜。这家店的凉菜是免费的，江涌和海涛一人装了两盘凉菜，海涛又去装了一盘虾条。啤酒和饮料已被送来，两人就着凉菜喝啤酒和酸梅汤。

"胖子现在怎么样了？"江涌问。

"还那样，开他那面包车接送小孩上学。"海涛说。

"哪天也叫上他吧。"江涌说。

胖子就是老徐，江涌总管老徐叫胖子。他是通过海涛认识老徐的，一天海涛正和老徐在一起，江涌打电话过来，海涛说他和朋友在一起，江涌说那就叫他一起过来吧。就这样江涌认识了老徐，有时候和海涛一起出去的时候也会叫上老徐。

热气腾腾的烤鱼被端上来了。这家店烤鱼用的都是活的乌江鱼。烤鱼放在一个长方形的不锈钢盘子里，用支架支起来。支架中间放着一个圆形铁盒，里面放着固体燃料，服务员用点火器一点，"啪"的一声，燃料被点着了。这样烤鱼能一直保持热度，不会放凉了。

"好吃，这鱼真香，还是豆豉的香。"江涌说。

"是，真香。"海涛点点头。

"我老婆现在老出差，还老加班，今天又出差了。"

光年

江涌的太太在一家外企公司做部门主管，比起在外企做市场的江涌来要更忙一些。

菜上齐了，酒也喝得差不多了。"你再来瓶啤酒？"江涌说。

"不要了。"

"那喝点酸梅汤。"

海涛把剩下的一点啤酒喝完，拿起装酸梅汤的大玻璃壶，倒了一杯酸梅汤。

吃完了饭，江涌叫服务员买单。两人出了餐厅的大门，在门口抽了一支烟，江涌开车载着海涛到了离家不远的路口，把海涛放下来，开车沿三环回家了，海涛也走回了一站路远的家。

二

从江涌家回来后的一个月，海涛除了出门散步、买东西、晚上看电视、上网下棋和打麻将，都在整理文章——《现代物理学之批判》。

这个题目一开头就出了问题，因为现在很难说还有物理学这种东西。没有了物理学，又去批判谁呢？我们姑且把那个充满了假设、谎言和幻想的玄学，把那个充满了毫无意义的数学推导的假数学，这样一个东西叫作现代物理学吧。让我们看看今天的物理学到底是个什么怪胎。

能量不可能是守恒的。能量不断地产生，也在不断地消耗。自然界的能量是无法计算的，因此不可能守恒。如果说能量守恒，那能量的总和是多少？是一亿亿焦耳，还是两亿亿卡路里？没人能回答这个问题。既然无法确认自然界能量的总和，能量就不可能守恒，因为无恒可守。不同能量的消耗，产生不同的效应，消耗和结果是互为因果关系的。

自然界从来不存在能量转换这样的事，能量只能改变物质的相况，不同物质的相况具有不同的能量。火车在动力的驱动下开动时，火车的状态被改变了，由静止变成了运动。运动的火车有了动量，是运动的火车本身的特质，而不是其他能量转化来的。动力只能改变火车的状态，使火车有了速度。火车有了速度，就具备了动量。动量是有速度的火车自身的特质。

我们推车的时候，如果力量不够大，车没有推动，这时车就不会有动量。只有力量够大时，车被推动了，有了速度，车才有了动量。车的动量是与车的质量和速度有关系，我们推车的力，只是消耗能量给车一个速度。我们的推力，只是让车从静止变成运动的状态。并非我们的能量传递给了车，而是给了车一个速度，使车具有了动量。

发电机在能量的驱动下，产生了电这种特殊物质。电这种特殊物质既看不见也听不见。当我们用它来驱动车辆时，电能量的消耗，使车从静止到运动。运动的车辆有了一定的速度，也就具有了一定的动量。当我们用它来照明时，电流流过灯具，灯具的发光体改变了状态。电能消失了，一种新的更特殊的物质——光产生了。

物体在真空中保持匀速直线运动恰是"无能"的表现。因为没有能量来改变物体的速度和方向，物体只能保持原有的速度和方向。这恰是能量体概念所说明的，能量能改变物体的相况，而不是把能量转换给下一个物体。能量改变物体的速度和方向后便消失了，而"无能"的物体就在真空中做匀速直线运动。说能量守恒其实是混淆了速度、力和能量这几个不同的概念。

太阳以它的能量照亮和温暖地球。地球在接受太阳光和热的时候，也同时向外散发热量。宇宙是无边无际的空间，宇宙的无边无际也决定了能量不可能守恒。

能量守恒和数学的无穷大是矛盾的。都说能量守恒，却没人能说出宇宙总能量是多少，只能认为是无穷大。无穷大意味着分母为零，那分子还有什么意义呢？分子随便都可以，还怎么守恒呢？

"能源"一词的存在，也说明能量是不守恒的，能源就是能量的来源，能量守恒，又何来能源一说呢？

"能量"一词一定是指特定的研究对象。研究烤火指向热能，研究照明指向电能，研究放屁指向化学能。离开特定的研究对象，能量一词毫无意义。因此也不存在所谓能量守恒一说。狗链是用来拴狗的。没有了狗，再来谈狗链的大小和长度还有什么意义呢？能量也是一样，脱离了具体的研究对象，"能量"一词还有什么意义呢？能量守恒就是一条没有狗的狗链。

自然界是由无穷无尽的能量体组成的。能量

光年

体概念，就是把每一个具有能量的物质看作一个独立的能量体，其具有能量的性质和能量大小，只和本身的状态有关，是完全独立存在的。能量体在自然界的数量是无穷大的，并且会随时消失和产生。能量体的产生，可以是其他能量体消耗，而改变新能量体的状态；也可以由能源产生。能量体的产生有且仅有此两种情况。

能量守恒，质能守恒。西方人最喜欢讲守恒。为什么西方人这么喜欢讲守恒呢？这和他们的宗教是有关的。西方人信的是基督教，所信仰的上帝是永恒的。虽然很多科学家已不信宗教，但从小根深蒂固关于永恒的概念是难以消除的。西方科学家喜欢讲守恒，一方面是从小受宗教思想影响，一方面是自觉或不自觉地希望自己的理论也像上帝一样永恒。

能量是恒在的，但不是守恒的。即使地球消失，还有太阳系，还有银河系，还有宇宙。所以说"能量是恒在的"。如果地球消失，地球的能量就不存在了，所以说"能量是不守恒的"。能量像上帝一样恒在，又像耶稣一样死而复生。

能量不是无源之水、无根之木。也不是希腊

神话中的不死鸟。粮食放在仓库里不会产生能量，石油埋在地下不会产生能量。人的体能是通过摄取营养获得的，发动机的能量是通过油料燃烧获得的。简单地看待能量，不神秘化，我们就能更好地认知这个世界。

时空是两个概念，时间和空间。时间指的是延续，空间指的是存在。时间只有较高等的动物才能感受到。只有人类能自主意识到时间的存在，也只有人类能把时间量化。对于空间而言，动物和人类都能感受到。

光是不受时间支配的，它只受制于空间。光的出现和消失，也只和空间有关，和时间无关。光可以支配时间，当光出现的时候，时间是光的仆人。光消失的时候，时间重获自由之身。时间唯一知道的是为光服务了多久，对光的来去一无所知。任何让光受时间支配的想法，就好像想让狗与树交配，然后生下一只猫一样，是徒劳的。

光的出现和消失，都不是延续的过程。光的存在是延续的过程。因此光的出现和时间无关，光的消失也和时间无关；只有出现和消失之间的

光年

存在过程与时间有关。因此讨论光速是毫无意义的。

光不是电磁波，光是不能脱离光源而独立存在的。对光而言，生存还是死亡，才是唯一要素。光从来不关心自己走多快，走多远。光唯一关心的就是："生存还是死亡，这是个问题。"

光是时间的主宰，时间是光的仆人。光可以支配时间，时间不能支配光。任何想让光服从时间的想法，都像野鼠想抓住苍鹰一样，是死路一条。

举世皆知的$E=mc^2$是错的。为什么这样说呢？放着那个光速是胡编乱造的不提，$E=mc^2$还错在把物质可能产生的能量和质量简单地联系在一起，却忽略了相同质量的不同物质，其所能产生的能量完全不同这个事实。事实上物质所能产生的能量，和物质的性质和结构有很大关系。与一千克铀有相同质量的汽油，只能让你的车跑十几千米。而一千克馒头仅仅能保证你几天不挨饿而已。世界上有无数种物质，能产生巨大能量的仅仅只有数得过来的几种而已。绝大部分都产生不了太多的能量。而$E=mc^2$却囊括了所有的物质，不能不说是牵强附会的。$E=mc^2$把能量和质量简单地挂钩显然是错误的，忽视了物质不同的性质和结构，既缺乏严谨的科学态度，也违背了科学的全面性。只能说是某些人在得知有些物质能产生巨大能量后，七拼八凑出来的东西，是变相把别的科学家的成果据为己有的行为。

人的手指头是5根，但也有极个别人的手指头是6根。如果有人看到有人有6根手指，就说人的手指是6根，你会怎么想？说$E=mc^2$就和说人的手有6根手指头是一样的。

能量和质量不能简单地画上等号，这是我们的生活常识告诉我们的。一千克汽油、一千克馒头能起到什么作用，我们都心中有数。而一千克砖头是不会产生任何能量的。既然我们知道一千克砖头产生不会产生任何能量，为什么相信能量可以和质量画上等号呢？世界上能产生能量的物质本来就不多，人类通常使用的也就是石油、煤、天然气这三种。能产生巨大能量的物质更是少得可怜。我们已经知道世界上大多数物质都不能产生能量，知道常用的三种能源产生的能量有限。我们也知道能产生巨大能量的物质只有少得可怜的几种，为什么还会愚蠢地相信能量可以简单地

光
年

和质量画上等号呢？

"假如你活到一千岁，你就超出人类平均寿命十倍以上了。"这句话有错吗？这句话完全没错。这句话反智吗？从表面看，这句话也不反智。但实际上这句话就是反智的，为什么呢？因为他完全违反了人类的常识。$E=mc^2$就是这样一个反智的东西。

物理反映的是物质的普遍规律，而非物质的特殊规律。$E=mc^2$并不是物质的普遍规律，又怎么能堂而皇之地当成物理公式呢？又怎么能大大咧咧地写进教科书呢？再加上光速本来就是个虚无缥缈的东西，$E=mc^2$更像是娱乐而不是科学。完全没有了科学的严肃性和完整性，是极不科学的科学。

先说一个现实中可能出现的情况。你戴了一块劳力士手表乘飞机去旅行，飞机起飞后，你的表碰巧坏了。虽然你的表坏了，不走了，但时间不会停下来。因为你的表虽然坏了，但地球还在自转，月球还在绕着地球转，月球和地球还在绕着太阳旋转。你的表坏了，停在某一时刻，但时间不会停在那一时刻，也不会随着你的坏表停下来。时间还在向前走。你想知道时间，只要问一下其他有表的乘客就行了。如果碰巧所有乘客的表都坏了，那也不要紧。等飞机降落以后，你进机场到达厅，看一下墙上的挂钟，就知道时间了。

把"钟慢效应"是否正确放在一边，假定"钟慢效应"是存在的。你乘坐接近光速的飞船去进行一次为期十天的星际旅行。飞船起飞后，飞船上的钟因为"钟慢效应"而不走了。但就和你在飞机上手表坏了，时间还是向前走一样。虽然你的钟停了，但时间还在走。"钟慢效应"让你的钟停了，等效于你在飞机上手表坏了。你的钟停了，但你的飞船还是飞行了十天。等到十天后你到达目的地，走下飞船后问问地面人员，你就知道当时的时间了。

如果你一定想知道在飞船上的时间，那你就在飞船里放个一秒一次的节拍器。3600次响钟一下。响钟一次，你就在纸上画上一道，然后根据正字来计算时间。十天后到达目的地，再和地面对表。

在接近光速的飞船里，时钟不但不会停下来，

光年

反而会走得更好。因为此时的钟虽然在以接近光速的速度运动，但对于飞船来说，它是静止的。相对于飞船静止的钟，并没有受到多大的外力，因此它会走得很好。只有在飞船从速度为零加速到接近光速的过程中，钟会受到影响。等飞船以接近光速飞行时，时钟又恢复正常。启动跑车时的推背效应与此同理。飞行员在做急速转弯时会被紧紧地压在椅背上。如果是普通人，将做不出任何动作，只能任由飞机坠毁。而在飞机以匀速巡航时，就可以轻松做任何动作了。所以在接近光速飞行的飞船里，时钟工作是正常的。"钟慢效应"只是一个美丽的错误。

双生佯谬错在哪儿？错在飞船上的兄弟搞错了自己的实际年龄。假设他20岁开始星际飞行，25年后返回。他明明已经45岁了，却自认为20岁。实际上他的情况和失忆差不多。其实解决起来并不难，就是让他地面上的兄弟，他的父母、朋友和同事一起来告诉他的实际年龄就行了。如果他实在不信，就让他活在幻想里好了。至于光速飞船会给人的生理带来什么样的影响，还是先把飞船造出来再说吧。

空间表示存在，时间表示延续，宇宙是无边

的空间。而时钟是人类用来量化时间的，不管有没有时钟，时间都是客观存在的。用"时钟"偷换"时间"是相对论最大的谬误所在。

在运动物体方面，爱因斯坦假设的是人类可能永远也无法实现的方法。在观测方面，爱因斯坦用的却是人类最落后的方法。这样的悖论下推出的相对论不就是个热笑话吗？

以超人类的方式运动，以弱人类的方式测量。爱因斯坦真是个可爱的喜剧明星。

时间是空间和物质的持续过程。空间是永恒的和无限的。物质存在于空间之中，处在不断产生和消亡的过程中。时间就是空间和物质持续的过程。为了描述时间，人类对时间做了明确的定义，并达成了共识。地球自转一圈为一天；月亮绕地球一圈为一月；地球绕太阳一圈为一年。一天又被分为24小时；一小时再分为60分钟；一分钟再分为60秒。人类对时间的定义是如此的明确，以至于不可能产生歧义。物体运动的速度是不可能改变时间的，因为时间是速度的母体，速度是产出自时间。只有时间明确了，速度才能有意义。速度所能影响的，只有物体在一段时间内运动的

光年

距离。速度不能改变时间。

现在当你和某些人讲物理原理的时候，他会很不屑地告诉你：我能轻易地推导出什么什么。我们不禁要问：当物理成了数学推导的时候，数学又是什么呢？

数学是数学推导出来的，但物理不是数学推导出来的。现在对物理一知半解的人张口就是我知道推导过程，或者我会推导什么什么，却都忘了一个基本事实：物理不是数学推导出来的！

物理不是数学的儿子，相反数学是物理的孙子。现代物理学完全颠倒过来，是孙子管教爷爷。这还有点人伦德性吗？

对物理来说，数学只是个计算的工具，而非推导的利器。物理规律不是靠数学能推导出来的。

任何脱离物理原理的纯数学推导，无论结果如何，都是荒诞不经的。

速度是物体运动的距离和时间相关的函数。物体走了多远，用了多少时间，二者的关系决定了速度。而光由光源发出，却从不离开光源。光源强度不同，光照的距离也不同。不管光能照到多远的地方，都不会离开光源。光源发光，光出现了。光源停止发光，光消失了。但光源发光的时候，光是从不离开光源的。从未离开光源的光，又何来速度一说呢？

再对比一下电磁波，我们发出一个电信号，它就离开我们远行了。如果是雷达信号，遇到目标就返回。如果是手机信号，就到目标手机去了。而光是从来不离开光源的，你打开光源，光出现了。你关闭光源，光消失了。但光从不离开光源。这也能看出光和电磁波的区别。

宇宙是聚合而不是爆炸形成的。所谓物以类聚，人以群分。宇宙是同类物质互相吸引而形成的。宇宙中曾经飘浮的火元素，聚合而成恒星。曾经飘浮的土元素，聚合而成行星。恒星和行星都是以滚雪球的方式，得到最终的形状。而各种元素聚合后，宇宙便成了真空。这是520亿年前的先人告诉250亿年前的先人，250亿年的先人告诉我的，绝对真实可靠。

如果宇宙是大爆炸形成的，为什么所有星

光年

星都是圆的？为什么不是多种形状的？星星为什么会有自转、公转？如果是大爆炸，所有碎片会向宇宙空间发散，然后大家再也不见面了。为什么会如此规律地运行？聚合理论正好解释了星星都是球状的。如果是爆炸理论，应该全是西湖瘦山石才对。你见过爆炸炸出的全是煤球吗？爆炸理论难以解释自转、公转，也无法解释天体为何分布如此之广、运行如此之规律。聚合理论才能解释这一切。你不要怀疑我，是目击者告诉我的。

不可知论是21世纪科学的重大发现。人类发展到今天，医生已经可以从人的大脑内切除肿瘤。并且我们还能骄傲地说，这项技术是中国人发明的。但是当你问医生"人的大脑内为什么会长肿瘤"时，他只能无奈地告诉你"不知道"。

一颗黄豆大的肿瘤，在人的大脑内长到鸡蛋大，只需要十几天的时间。我们为什么会相信生命从起源到人类出现要几亿年的时间？有人说生命是起源于海洋，人最初也是源于海洋，因为我们每天都离不开水。说这话的时候，他忘记了人类更离不开的是土地。我们赖以生存的粮食、蔬菜和水果，都是从土地里生长出来的。我们所需要的各种肉食也是间接从土地获得的。人类生活在土地上，一旦洪水滔天，除非有挪亚方舟，否则全得淹死。离开了土地，我们连一天也活不下去。人类和海洋相关联的，只有水一种物质，和土地相关联的却多到数不胜数。为什么我们不是源于土地，而是源于海洋呢？至于我们所需要的水，它们可能是来自上天的赐给，而不是海洋。

承认科学有无法解释的事物，承认科学有无法解决的难题，比科学万能论要科学得多。不迷信科学，比迷信科学要科学得多。当科学变成神乎其神的玄学，比迷信更容易迷惑人心。人类既无法了解自己的过去，也无法预知种族的未来，甚至连眼前的事物，也无法完全了解。人为什么会做梦？梦境为什么光怪陆离？即使每天都在发生的事，我们也无法完全了解。马航MH370消失得无影无踪，发生了什么，它去了哪儿，我们不得而知。现在MH17就坠毁在我们眼前，因为什么，我们还是不知道。就连眼前的事我们都无法确认，又怎么可能知道几百万年，乃至百亿年前的事呢？

不可知论的核心就是：宇宙的形成不可知；

光年

地球的形成不可知；物种的起源不可知；人类的起源不可知；未来不可知。科学有无法认识的领域，人类的认知能力是有限的。

不可知论在科学的各个学科，都能得到充分应用。无论是物理学、化学、生物学、医学，不一而足。不可知论就像物理学中的测不准原理，其结论就像数学中的无穷大，所能涵盖的范围，也是无穷大的。人类应当承认并且正视自身认知能力的局限性，对大自然怀有一颗敬畏之心。人类的狂妄和自大，已经给自身和地球带来了很多灾难。人类只有克制自己的行为，地球才有未来，人类才有未来。

物理是研究物质普遍规律的学科。无论是伽利略还是牛顿，都严格遵循这一原则，治学态度严格而谨慎。麦克斯韦也继承了此前物理学研究的作风。然而在此之后，物理学的研究走上了邪路。臆造、浮夸和幻想，代替了客观严谨，而 $E=mc^2$ 是物理学的死亡证明书。至于物理学能不能凤凰涅槃、浴火重生，就要看有识之士能否抛弃谬误，重回曾经正确的道路上去。

三

这天下午，海涛在家附近的中学前经过，迎面走来一个人，走到近前，两人都认出了对方，是他小学同学小冯。小冯瘦尖脸，小眼睛，人也瘦，胸老是缩着，背还有点驼，说话有点大舌头，读书的时候成绩不好。他小时候家境不好，家里老吃窝头，所以他有个外号叫"冯窝头"。海涛和他已经很多年没见了，他们聊了聊自己和一些老同学的情况。小冯说他结婚了，现在跟着一些剧组当剧务，经常在外面跑。两人聊了一会儿，就各自走了。

过了一段时间，海涛又在天秀市场的院里碰到了他。他大声地喊着海涛的名字，海涛正要过去和他打招呼，他却大声地问道："结婚了吗？"海涛略显尴尬地小声对他说："还没有。"他又带着得意之色，大声地说："怎么到现在还没结婚啊？"海涛压住心中的不快，拍了拍他的胳膊，转身走了。晚饭的时候有稻香村的卤猪肚，海涛一看，就拿出还剩下的大半瓶二锅头。吃完猪肚喝完酒，海涛就把下午的不快全都忘了，开始整理他的另一篇文章《世界是人眼中的映像》。

世界是人眼中的映像

大千世界，纷繁复杂，精彩纷呈，五彩缤纷，万紫千红。阅不尽人间春色，看不尽世态炎凉。

光年

除去少数盲人以外，人都可以通过自己的双眼来观察世界。婴儿呱呱坠地，发出第一声啼哭，每一个成人都是从婴儿成长起来的。

人们无法知道婴儿眼中的世界是什么样的。当婴儿看到红色的时候，产生什么印象，人们无法知晓。当婴儿看到圆形和方形的物体时，产生什么印象，人们不得而知。当婴儿看见天鹅绒时产生什么印象，人们还是不知道。因为没人能保留婴儿时候的记忆。婴儿长大一些以后，大人会教他们说话。看到红色，大人会告诉小孩这是红色；看到兔子，大人会告诉他这是兔子。于是孩子头脑中有了词汇的概念，这些词语对应一定的发音。再看到红色，孩子的头脑中会出现"红色"这个词的发音；看到兔子，会想起"兔子"这个词；当听到"红色"和"兔子"的时候，孩子的脑海中也会出现红色的特征和兔子的形状。等孩子再长大一些以后，大人会教他识字。通常是用识字图片教孩子识字。彩色图片上画着小狗的形状，再印上"狗"字和拼音。孩子通过画片把"狗"字和小狗联系起来，再看到小狗的时候，不但会想起"狗"的发音，还会想起"狗"字的字形。而看到"狗"字时，也会想起小狗的形状和

"狗"字的发音。

成人满脑子都是词汇的概念。无论看到什么，成人的脑子里都会出现对应的词汇。成人的词汇概念更加复杂，不但有事物的色彩、形状，还有事物的特性。看到蓝色的天鹅绒，成人不但会想起蓝色，还会想到柔软、光滑、细腻等有关天鹅绒特质的词汇。成人的世界就是词汇的世界，所看到和所听到的，是大量的词汇。而在词汇概念形成以前，人看到事物最原始的究竟是怎样一种反映，反而不得而知了。

在词汇概念中，还有类似高兴、愤怒、轻松、紧张等有关情绪的词。这类词语所反映的情况，是不能直接看出来的，而是要根据生活经验来判断的。人在经过多次对其他人情绪变化的体验以后，知道了什么样的表现是愤怒，什么样的表现是愉悦。这些有关情绪的词，不但和人类有关，和动物也有关。对于人类的情绪变化，更容易被观察一些。因为人之间是有语言交流的，通过语言交流，人很快就能了解什么样的表现代表什么样的情绪。而人和动物之间无法用语言交流，人对动物的表现代表什么情绪，只能去猜。这需要一个很长的过程，需要更多经验的积累，而且有

光年

时候还会猜错。

想象也是以词语为基础的。由于有了词汇和语言，人可以想象根本不存在的事物。把有关色彩、形状、情绪变化的词语联系起来，再加上语言的描述，人可以想象现实世界中完全不存在的事物。把这些想象用文字记录下来，或者用语言描述给其他人听，其他的人可以和叙述者产生同样的想象，于是便有了神话，便有了小说和科学幻想。《三国演义》《西游记》就是这样产生的。这就是语言和文字的魅力。

当看到一个词后，人马上就能明白这个词表示什么事物，但人的眼前并不能出现这个事物的映像。进一步思考，又是其他一些词来表述。如果想要把看到的事物描述得详尽，就需要使用大量词语，并且要用语句把词语联系起来。当看到"汽车"这个词的时候，我们马上就明白了这个词指的是什么东西，但眼前并不能出现汽车的映像，只能靠其他词来表述，再进一步思考。"汽车"这个词描述的是路上行驶的、用来装载人和货物的车辆。再考虑下去，还有汽车的类型，是小轿车、越野车、大客车，还是货车？还有汽车的品牌，是奔驰、宝马、路虎，还是克莱斯勒？再细想想，是四缸发动机还是六缸发动机？总而言之，这个过程可以很深入，很难有尽头，是一个无数词语堆积的过程。电视台喜欢玩的一个游戏，就是让两个人结成一队，彼此相对而立，主持人所在位置的屏幕上显示一个词，面对屏幕的游戏者看到这个词以后，不能用词里的字，而要用其他词汇和语言表达出来。面对他的队友猜中以后，屏幕就会出现一个新词。如果游戏的表述者人为这个词太难表达，也可以选择放弃，猜下一个。在规定时间内猜中词汇最多的一队获胜。人可以通过词语和语言来表述某种映像，但不能通过语言真正观察到某种映像。只有事物真正出现在人的眼前的时候，人才能实际看到事物的映像。

人眼观察到的大部分物体，都会对其他物体起到遮挡作用，从而看不到物体背后的东西。人眼能看到海伦的美丽，却看不到争夺美丽而带来的灾难。特洛伊人能看到巨大的木马，却看不到木马里的希腊战士。拉奥孔或许是有第六感觉，他要求把木马烧掉，并用矛刺穿了木马，然而他和他的儿子被两条蛇杀死了，最后失去了拯救特洛伊的机会。而特洛伊人不知道这一点，他们喝酒跳舞，庆祝即将到来的和平。到了深夜，特洛

光年

伊人都睡觉了以后，木马中的希腊战士跳出来，他们打开了城门，到处放火。无数的希腊士兵冲进城里，特洛伊人被屠杀，被抢掠，被掳走成为奴隶。作为战争的起因的海伦也被带回希腊。

人眼所能看到的，是事物的颜色和外观。人眼只能看到事物的表象，而事物的内在关系，是无法看见的。俄狄浦斯王为了惩罚自己的过错，刺瞎了自己的双眼。他从此失去了光明，再也无法看见这个世界，无法看见世上的道路。他的儿子抛弃了他，把他赶出他的王国。他善良的小女儿带着他四处流浪，他最终死于众女神的圣地。他能看见自己的生父和生母，却无法知道事实。直到知情人告诉他一切，他才知晓事情的真相。

同样的悲剧也发生在东方。屠岸贾没办法认出哪个是赵氏孤儿，所以要杀掉全国的婴儿。程婴用自己的儿子顶替赵氏孤儿，屠岸贾也看不出来。他把赵氏孤儿当成了程婴的儿子，因为他喜欢这个孩子，便把他收养起来，做了自己的养子。孤儿长大后，程婴用画图告诉他事情的真相。赵氏孤儿知道屠岸贾是自己的仇人，曾经杀了自己全家以后，便杀了屠岸贾，为自己家报了仇。无论是屠岸贾还是赵氏孤儿都无法认清彼此，只有程婴知道一切。

在黑暗中，人是无法看见任何东西的，只能通过摸索来感觉物体的形状和属性。想要看见物体，首先要有光。光有颜色，也有亮度。光赋予事物色彩、亮度和形状。而实际上，光赋予事物的，只有色彩和亮度。人是根据事物的色彩和亮度，以及不同部位亮度的变化和明暗不同所造成的阴影，然后根据自己的经验得出物体的形状的。人看到的从根本上讲，就是色彩、亮度，以及明暗变化和阴影，仅此而已。人能够识别不同的物体，能够观察到物体的形状，完全是人类经验的积累，是人头脑中对色彩、明暗和阴影加工以后，在主观意识上得出的结论。

光是光源在自身以外区域的体现。光源就是发光体。光源有无数种，因此光也有许多种。光有不同的颜色，不同的投射方式。但光也有共同点，那就是非物质性。光源是物质的，也就是说发光体是物质的。但光源以外的光是非物质的。光具有两种特性，一是色彩，二是亮度。光是有不同的颜色，光照的范围内有一定的亮度。也正是光的这两个特质，使光成为人观察世界必不可

光年

少的条件。

光是没有速度的。任何以光速飞行的想法，都是幼稚可笑的。可以把光想象成游泳池内的水，泳池里的水是没有速度的。人在池内游泳时，无论游到哪里，周围都是同样的水。不管游到哪里，都被同样的水所包围，而这些水是没有速度的。人在光里面飞行时，不论飞到哪里，周围都是同样的光，这些光也是没有速度的。

光照射在物体上时，物体便表现出色彩和亮度。不同的光使物体产生的色彩和亮度也不同。白光照射时，物体显示的是其本来的颜色。当有色光照在物体上时，物体表面的颜色和光的颜色叠加，会产生出和物体本色不同的颜色。一个本色为黄色的物体，当红光照射在上面时，所能看到的颜色就不是原来的黄色了，而是红色的。有色的光使人对物体所表现出来的色彩产生错觉，而不能真正观察到物体本来的颜色了。

人眼有一定的观察范围，这个范围叫作"视野"。人的眼睛可以对视野范围内的所有色彩、亮度、明暗变化和阴影产生反应，能够识别视野范围内的各种颜色，能区别色彩的明暗变化。这是眼睛的机能。人的眼睛是非常怕光的，如果有强光直射进眼睛的话，会伤害到眼睛，甚至会导致失明。

视力并非接受光的能力，眼睛也不是通过接受物体反射的光，或者物体本身发出的光来看见物体的。眼睛只是对在光作用下，事物产生的色彩、亮度、明暗变化和阴影产生映像。人通过这个映像，再根据生活的经验，把各种映像通过思维加工成不同的事物。人不是看见物体的反射光而看见物体的，这一点很容易验证。当一个人看向某个物体时，另一个人站在侧面。侧面的这个人，看不到有任何光从物体反射向正在看着这个物体的人，所以没有光从人观察的物体反射向观察者。所有关于漫反射和微光发射的说法，都是没有事实根据的，也是无法验证的。

看电影的时候，可以看到有光从放映机射向银幕，并且光的射线是不断变化的；从银幕却看不到反射向观众的光线。如果看露天电影，还能在银幕的反面看到影像，更说明观众看到的不是从银幕反射的光。

看电视的时候，在屏幕上看到狮子和老虎是

光
年

那样的逼真，以至于有人以为真的看见狮子和老虎了。其实屏幕上所能看到的，不过是光所形成的一些色彩不同、明暗不同的色块而已。这些色块组成的图案在人眼中所产生的映像，和人在现实中看到狮子和老虎时所产生的映像是一样的，人们就把屏幕上的图案认作狮子和老虎。其实人一直看的就是屏幕，那些狮子和老虎的画面不过是一些色块的组合而已。

晚上在公园散步，抬头看见远处高楼上红色的霓虹灯非常明亮，再看看附近游人的脸上都没有红色；走出公园时，公园大门上的红色霓虹灯却把近处行人的脸照得通红。光的照明范围和光产生亮度的可视范围，是两个完全不同的概念。光的照明范围远远小于光产生亮度的可视范围。

人的眼睛看见遥远的星星，不是那些星星的光经过几亿光年，或者几十亿光年进入了人的眼中，而是那些作为发光体或者反光体的星球，它们发出的光产生了亮度和色度。这些带有颜色的亮度和周围漆黑的夜空产生了对比，人眼正是通过区分明亮点和黑暗看见星星的。事实上很多星星的光根本就没有到达地球，但它们的光所形成的明亮区域，和周围的黑暗形成对比。这种对比在地球上看起来，就是一个小小的亮点了。人类看到的满天繁星，在宇宙中就是无数个明亮的区域。

　　人不是通过眼睛接受物体的反射光，或者物体自身发出的光来观察世界的。人类所看到的世界，其实就是事物在人眼中所产生的映像。

后来海涛还在电视上看到过小冯一回，不记得是在一部什么电视剧里，有他一个镜头，他一个人呆呆地蹲在地上。镜头还挺长，有十几秒钟，但海涛再也没见过他本人。

四

夏天到了，白天变得长了。这天傍晚，海涛来到路边的小公园，这个公园离他家很近，走路几分钟就到了。他走到公园正门的门口，天还没有黑，对面两个塔楼上的霓虹灯还没有亮。公园大门上有四个红色的大字，是公园的名字。字是立体的，上面带霓虹灯，也还没点亮。走上门口的台阶，门两边的房子中间用铁栏杆隔成两条通道，左右分别挂着一块白底红字的小牌子，左边写着"入口"，右边写着"出口"。海涛顺着左边的栏杆往

光年

里走，下了里面的台阶。面对大门有一个人造的小池塘，池塘里面种着几株睡莲，睡莲有着墨绿色的叶子，叶子不大，圆圆的，像一个个绿色的月饼；莲花有的是白色的，有的在白色里能隐约看到一些紫色的丝；一些红色的小鲫鱼和白色、金色的小锦鲤悠然游动着。池塘后面是一排假山，假山后面还种着一些松树。

大门和池塘前的小广场已经变成了大排档，这里是附近居民早晨跳广场舞的地方，以前傍晚的时候也有人跳，现在跳舞的人不见了，改成放着一排一排的木头桌子，桌子两面对放着长条板凳，用支架和桌子固定在一起。广场的右手边靠墙是两溜柜台，柜台沿着墙的走向形成一个直角。出摊的摊主和服务员正在柜台后面忙碌着。

海涛顺着池塘右侧的人流往前走。前面是架空轨道自行车的轨道，现在没有骑车的人，双座的架空自行车全都停在起点的棚子里。再往前走，海盗船里也没有人，一个手里拿着剑，戴着宽檐帽，穿着一身蓝色双排扣外套的海盗正守着这只空船。旋转木马旁边有几个大人，几个小孩骑在木马上，一起一伏地随着转盘旋转。公园里有很多儿童游乐设施，如碰碰车、轨道小火车、旋转飞机、儿童蹦极、遥控船等，周末和节假日的时候，大人会带着小孩来玩。

顺着路走到公园的另一端，再沿着公园另一边的路折返回来，有一片竹林，竹林里有一条弯弯曲曲的小路，通向一所整面墙都是玻璃的房子。再往前走，草地上种着很多碧桃树，春天的时候，树上会开满鲜艳的花朵。

回到小广场，海涛在大排档前看了看，品种还挺丰富，有烤羊肉串、烤肉筋、烤板筋、烤鸡翅、烤鱼、烤鱿鱼、烤尖椒、烤大蒜，还有烤蚕蛹。蚕蛹的样子像是去掉了头和翅膀的超级蜜蜂，黄褐色的蚕蛹烤过以后，颜色变得更深了，吃起来有一股特殊的香味。

还有各种凉菜，炒田螺、煮毛豆、煮花生、凉拌萝卜皮、酱牛肉、酱肘子、松花蛋、小葱拌豆腐、芹菜拌胡萝卜，以及大丰收，就是把黄瓜、"心里美"萝卜、胡萝卜、青椒、大葱切好做成一盘，蘸着甜面酱吃。主食有馄饨、面条、炒饭。他看了一圈，来到收款的地方，对服务员说："来一盘田螺，一盘毛豆花生，一扎啤酒。"服务员说："三十五。"海涛掏出钱包，拿出一张五十的钞票递给服务员，服务员打开收银机，拿出钱找给他，他把钱放进钱包，把钱包揣进兜里。服务员递给他两张打印好的小纸条，他拿着纸条来到卖凉菜的摊位，把其中的一张递给服务员，服务员给他盛了一盘田螺，又给他盛了一盘毛豆花生。田螺刚用辣椒炒好，还冒着热气。他端着两个盘子找了个空位，把盘子放下，又来到卖饮

光年

料的摊位。冰箱里有青岛啤酒、燕京啤酒、哈尔滨啤酒，还有各种饮料。海涛把另一张纸条递给服务员。服务员拿起一个扎啤杯，打开大啤酒罐上的龙头给他灌啤酒，啤酒流得很慢，在杯子里产生了很多泡沫。

啤酒灌满了，海涛拿着啤酒杯回到座位，边就着田螺和毛豆花生喝啤酒，边梳理着最近的思路。吃完田螺和毛豆花生，喝完啤酒，天已经完全黑了，海涛抽出两张纸巾擦了擦手，起身回家。

回到家里打开电视，海涛拿起遥控器一个一个地换着频道。这个频道是财经频道，一个嘉宾正在眉飞色舞地侃侃而谈："美联储加息将给中国股市带来很大的影响……现在中国股市已经到了喝酒吃肉的阶段。""这肯定是个纸上谈兵的家伙。"海涛心想，他想起前两天看到的一则消息，一个老太太去股市开了户，花五万块钱买了一只股票。老太太把密码忘记了，十年以后去销户的时候，股票变成了五百万，老太太当场晕倒。炒股技术再好，不如忘记密码。

五

这天下午，海涛正在立交桥边上的便道上走着，便道很窄，呈弧形。墙上贴着一张布告，海涛看到了几个字——每平方米补贴50元。海涛心想："这是要拆迁吗？哪有这么便宜的拆迁费？"这时前面出现一个穿橘红色衣服的环卫工人。海涛走到他身边的时候，只听"噗"的一声，一股牛奶喷得老高，溅了海涛一身，眼镜上、裤子上、鞋子上都有。海涛就站着不动，对方也不说话。

海涛看着这个年老的男人，过了一会儿，问他："你干吗呢？"

环卫工人嘟嘟囔囔的，不知道说些什么。

海涛又问他："你这是干吗呢？"

环卫工人这才说清楚："不知道它会爆。"

海涛说："牛奶能不爆吗？"

环卫工人说："踩了几个都没爆，就这个爆了。"

海涛低头一看，地下有好几个被踩扁的牛奶盒："溅我这一身怎么办啊？"

环卫工人说："我给你擦。"

他从兜里掏出一把纸巾，海涛拿过几张开始擦身上的牛奶。

环卫工人又说："我给你擦吧。"

海涛说："不用，我自己擦。"

环卫工人说："对不起啊，没想到它会爆。"

海涛说："没事。"

环卫工人说："还是我给你擦吧，袖子上还有。"他把海涛袖子下面的牛奶擦干净，对海涛说，"把纸给我。"

海涛说："纸你还要啊？"

环卫工人说："不是。"

海涛说："鞋子上还有呢。"

环卫工人说："实在对不起啊，真没想到它会爆。"

海涛又说了声"没事"，把裤子和鞋上的牛奶擦干净，把纸递给他，转身走了。等走出老远，海涛才想起来应该拍张照，再跟他合个影，然后再发个朋友圈。

早上起来，海涛感到腰疼，他已经很久没有腰疼了，想想可能是前一天走了太多路。头天他到了一个离家不算太近的公园，公园的面积也不算太小，他绕着公园里的路走了两圈。吃过午饭，午休起来，他还是决定出去走走，想活动活动，放松一下腰。出了小区，来到离家不远的松树林，松树林里很阴凉，没有一个人，他走进去找了条长椅坐下来看手机。不久，有几个人来到健身器械那里活动。这时候太阳出来了，他站起身找了张能晒到太阳的长椅坐下。晒了好一阵的太阳后，他起身弯着腰慢慢走回家去。

吃过晚饭，海涛看到一条很突然的消息：足坛名宿张恩华去世。海涛从大学时代就开始喜欢足球，不但爱看，也爱踢。张恩华虽然淡出大众视线多年，但当年可是鼎鼎大名的人物。消息还配发了张恩华年轻时候的照片，这张脸对海涛那一代男人来说太过熟悉了。消息说张恩华是在48岁生日晚宴上喝了酒，回家以后突发休克，家人立即叫来救护车，把他送到医院，经抢救无效以后去世的，还说他一个多月前刚参加了他以前的教练迟尚斌的追悼会，两人以前都是大连足球队的。迟尚斌去世的时候，海涛看到了消息，但没往心里去，过后也就忘了。看到这条消息，他不由得去查了一下迟尚斌的资料，这一看，海涛又大吃一惊，他再也不会忘记迟尚斌去世的日期了。

六

下午有人敲门，是快递员，海涛网购的膏药到了，他接过快递，对快递员说了声"谢谢"。家里的狗臭臭趁机溜出门外，在楼梯扶手的栏杆边撒了一泡尿。海涛把快递放在饭桌上，进卫生间拿了拖把，到楼道里把臭臭的尿拖干净，然后回屋，把拖把放到卫生间。他打开快递包装，取出一贴膏药贴到腰上。这两天因为腰疼，他没怎么出门，最多在院里转了转。

晚上10点多，他在联众上下围棋，对方输了50多目，但还不肯认输。这样的人偶尔也会碰到，一般情况下海涛也就算了，退出游戏了事。今天看对手输了这么多还不认输，实在是太无赖了，就没有退出。对方在玩填子游戏，在双方活棋的空里码子，海涛也陪着他码，有时还PASS一手。码着码着，对方看到连填子也没希望了，就退出跑掉了，海涛也关掉电脑准备睡觉。

咪咪照例跳上床，来到枕头边趴下，海涛就拍着它唱儿歌："你拍一，我拍一，你是一只好猫咪。你拍二，我拍二，你是一个大坏蛋。你拍三，我拍三，你是我的小心肝。你拍四，我拍四，你是一个小绅士。你拍五，我拍五，你是一只小老虎。你拍六，我拍六，你是一个小肉肉。你拍七，我拍七，你是一个坏猫咪。你拍八，我拍八，你是一个小王八。你拍九，我拍九，你是一个小鬼酒。"咪咪也不理他，就趴在那里睡觉。

夜里，海涛梦见一只老虎要咬他，他吓得大喊大叫，然后就醒了，一看是咪咪在被子上踩奶。第二天早上，他醒来时咪咪还躺在枕头边睡觉，海涛起床拿起衣服闻了闻有没有咪咪的尿味。进入春季以来，海涛总觉得衣服上隐隐约约有股怪味，但也无法确定，直到有一天早上他起来穿上裤子，发现裤子是湿的，换了一条裤子，坐在椅子上，裤子又湿了，他这才确定咪咪每天晚上的确是在他的衣服上撒尿了。

咪咪是一只公的狸花猫，还是巴掌大的时候，就被海涛领回家了。它小时候不黏人，长大以后，只要海涛坐在椅子上看书、看电视，它都会跳到海涛腿上趴着。海涛进厨房，出来的时候，它就躲在厨房门边的椅子上偷袭海涛。晚上和午休的时候，它都会到枕头边上来，海涛睡着后，它还继续在枕头边睡觉。

一天，海涛对着镜子唱歌剧《卡门》经典选段《斗牛士之歌》，自己拿着手机对着镜子录视频。他记得有一部西班牙电影，讲的是一个英国年轻歌手的父亲去世，他父亲也是个歌手。父亲留给他一座房子，在西班牙的一个村子里。他去了那个村子，认识了一个年轻姑娘，然后领着一帮西班牙人唱《卡门》。事后有个西班牙人对他说："一部法国人写的歌剧，一个英国人在领着我们唱。"

过了几天，海涛在看自己唱歌的这段视频时发现，视频拍到咪咪竟然在窗台上，他唱到"斗牛士快准备起来"，咪咪就扶着纱窗站了起来，而且左右摇摆着；他唱

光年

到"有双黑色的眼睛"，咪咪就转过头来，瞪着一双贼亮的眼睛看着他；他唱到"从那铁栏中冲出一头牛"，咪咪就从窗台的右边走到左边。他觉得太神奇了。他本来不打算带咪咪去做绝育手术，把它变成一个小太监，但是现在看来它是免不了要挨这一刀的了。

七

手机响了，是个陌生号码。海涛接通了一听，是派出所打来的，通知他去办今年的狗证。过了两天，海涛拿着狗证去了派出所。办狗证的是个年轻的男人，海涛把钱和狗证给他，他指着一堆东西说："这是礼物，您可以挑一样。"海涛就从几种礼物中挑了一样。年轻人把贴了新年检标签的狗证递给海涛，海涛说："您给我张发票，我要拿去给狗打针。"年轻人笑了，说："发票。"他开了一张收据给海涛。海涛说了声"谢谢"，就拿着狗证、收据还有礼物回家了。

又过了几天，海涛带着臭臭出门。出了院子，来到马路边，从跨线桥底下带人行红绿灯的斑马线过了马路。路边有一家小医院，再往前走，是中国移动营业厅，过了营业厅不远有一家宠物医院，他带着臭臭走进去。柜台后面有两个女店员，他对其中戴眼镜的女店员说："给狗打针。"

戴眼镜的女店员问:"打什么针?"

海涛说:"打疫苗。"

戴眼镜的女店员问:"叫什么名字?"

海涛说:"臭臭。"

戴眼镜的女店员又问:"打狗三联还是狗七联?"

海涛说:"七联。"

戴眼镜的女店员说了价格,海涛把狗证、办狗证的收据和免疫本都给了她。

戴眼镜的女店员说:"可以扣掉80元。"

海涛交了钱。

戴眼镜的女店员对他说:"您坐那里稍微等会儿。"

海涛便牵着臭臭到旁边的座椅上坐下。

不一会儿,从后面又出来个女店员,对海涛说:"您把它抱起来。"

海涛就把臭臭抱到自己身上。

女店员说:"立着就行。"

海涛把臭臭的前腿放在自己身上,让它立起来。

光年

女店员拿温度计给臭臭量体温，量完一看温度计，就说："体温太高了，过十分钟再量吧。"

就这样折腾了三次，臭臭开始不满地叫起来，三个女店员都露出了诧异的表情，面面相觑了一会儿，戴眼镜的那个女店员说："您先回去吧，晚点再来，现在外面温度高，狗的体温可能就高。"

傍晚，海涛又带着臭臭去了宠物医院。那个戴眼镜的女店员还在。

戴眼镜的女店员说："臭臭来了。"

她让海涛坐着等会儿，海涛便在旁边的椅子上坐下。一个年轻男人过来让海涛把臭臭立起来，然后给臭臭测体温，测完一看温度计，说："温度还是高，等会儿再测一下吧。"

又是折腾了三次，臭臭愤怒地叫了起来。三个店员哈哈大笑起来。

戴眼镜的女店员说："下午就是这样。"

年轻男人说："它是骂我呢。"然后他对海涛说，"再等一会儿吧，温度已经下来不少了。"又过了十来分钟，再测温度就可以了。打完针，海涛便拿着狗证和免疫本，牵着臭臭回家了。

八

这天上午，江涌又来电话约海涛出去，吃过午饭，下午一点来钟，江涌来电话："我快到了。"海涛说："好，我马上下去。"他到了建行门前路口的辅道边上，不一会儿江涌的车就到了，这次他开的是现代SUV。海涛上车以后问："去哪儿呢？"江涌想了一会儿："去798吧。"他说完就开车从前面跨线桥下掉头，从高速入口开上四环，直奔798方向。

从一条窄路开进去，进了798大门，江涌找到停车场把车停好，两人下了车，朝酒吧集中的地方走去。沿途有不少艺术展厅，还有一些卖艺术品的商店。到了一个十字路口，一条路的两边有不少酒吧和咖啡屋。江涌找了一家离路口近的咖啡屋，两人走进去刚刚坐下，江涌的手机响了，说："我出去接个电话。"

咖啡屋里人不多，海涛看见一名女子独自坐在邻座，像是他以前的女朋友小静，不过小静是一头披肩卷发，而这个女子留的是齐耳直发。海涛也不敢认，就一直朝她看，那女子也看了海涛几眼，不过没说话，也没什么反应。这时江涌接完电话回来了，服务员过来问："二位要点什么？"江涌说："一壶茶。"过了一会儿，服务员把茶端了上来，又拿来两个杯子。

光
年

"昨天公司的人聚会了，吃饭来着。"

"都谁去了？"

"程浙、杨明、申青，还有刘维维。"

"你去了吗？"

"没去。"

程浙是海涛和江涌以前在公司时的部门经理。杨明、申青是部门的同事，申青是另一组的组长，刘维维是另外一个部门的女经理。申青的太太是国航的空乘，小宋的太太就是他给介绍的，小宋和他太太已经去美国好几年了。

"程浙把照片发群里了，他建了一个公司群。"江涌说，"刘维维看着比以前老多了。"

"把照片给我看看。"海涛说。

江涌把手机递给海涛，海涛一张一张地翻看着，大部分是他认识的——程浙、杨明、申青、刘维维，刘维维以前部门的张宏钟，还有几个以前的女秘书。有几个人看着眼熟，但海涛想不起名字了，他感觉不光是刘维维，程浙、杨明、申青看着都比以前老，毕竟离开公司已经很多年。

海涛问江涌："程浙现在怎么样？"

"他很好啊，离开公司以后，去了上海一家公司，公司后来上市了。"

"他现在还在上海？"

"没有，他不在那家公司了，现在就在家里，没事在群里说话。"江涌顿了一下，接着说，"他在上海找了个女大学生，那个女生给他生了个孩子。"

"他离婚了？"

"没听说他离婚。"程浙的太太海涛见过一次，个子和程浙一样高，瘦瘦的，戴个眼镜，看起来挺文气。在公司的时候，他们两个没有孩子。

"杨明现在怎么样了？"海涛又问。

"他还在上班，他喜欢在群里说话，喜欢发一些低俗的东西。"

"大师呢？"

"大师换了一家公司，还做地区经理。"

"夏芸还在做保险？"

"没有，她朋友在密云山里头开了家酒店，她在那儿帮忙。酒店档次挺高，看着环境还挺好的。"

这时邻座那个女子起身走了，海涛看着她离去的背

光年

影，心想也许是自己认错了。或许女子只是长得像小静，毕竟两人已经分开几年，再没联系过，海涛也认不准她了。

快到吃晚饭的时间，江涌说："今天就在这里边吃吧，我知道一个地方还挺不错的。"两人又坐了一会儿，就离开咖啡厅，江涌带着海涛拐过几个弯，到了一条窄巷，旁边有一个看起来有四层楼高的老式建筑，像是以前的厂房，粉刷得干干净净。两扇白色中间镶着玻璃的门敞开着，江涌带海涛进去，餐厅在二楼，楼梯是铁板制成的，铁板上有圆形的凸起，扶手也是铁的，都漆成黑色。

上楼以后找座位坐下，白墙上贴着年代久远的版画。服务员过来点菜，江涌点了水煮肉片，还有几个别的菜。吃完饭以后，江涌照例将海涛送到三环边上。

九

这天下午，海涛来到宠物医院，打听猫做绝育的事。前台接待是个小姑娘，听到海涛要问绝育的事，就叫了个胖胖的、戴着眼镜的女医生出来。海涛对医生说："我想给我们家猫做绝育，要多少钱？"医生问："您家猫是男猫还是女猫？"海涛说："男的。"医生说了个价钱，然后问："您家猫打疫苗了吗？"海涛说："没有。"医生说："得先打疫苗，第一针免疫，第二针狂犬，然后再打第三针。"海涛问："得间隔多长时间？"医生说："28天。"海涛问："能不能先做手术，再打疫苗？间隔也太长了。"医生说："不行。"海涛说："它老在床上撒尿。"医生说："得先打疫苗，因为做手术期间可能是它免疫力最低的时候。"海涛没办法，只好先回家了。

回到家里，海涛拿出多年没用过的折叠铁丝笼子，打开以后架好，把用来固定的搭扣都扣上。臭臭正在旁边，海涛想逗它玩一玩，就打开笼子，抓住臭臭要把它塞进去。臭臭一边哼哼唧唧，一边挣扎抗拒，就是不肯进去。海涛塞了半天也没把它塞进去，只好把它放了。到了晚上，海涛抓住咪咪，把它塞进笼子。它被抓时没有动静，刚被塞进去时也没有抗拒，但是进去以后没两分钟，它就开始折腾，一边叫一边翻滚，把爪子从笼子里伸出来，用嘴咬铁丝，一副很凶的样子。海涛先不理它，过了一会儿，咪咪不折腾了，开始不停地叫，叫得很难听。海涛心想，它叫累了也许就不叫了。但是大半天过去了，它还是声嘶力竭地叫，声音悲伤凄厉。海涛没有办法，只好把它放了出来。一出笼子，它就止住了声，再不叫了。

第二天下午，海涛拿出多年没用过的猫包，打开盖子的拉锁，抓住咪咪塞了进去。咪咪是只小公猫，不像小母猫，抓它的时候不会条件反射地逃跑，把它往猫包里塞的时候也不会抗拒。海涛背起猫包，刚出楼门还没走两步，咪咪就在猫包里叫起来。出了院门，它还在叫，它大概是害怕了，一路上一直在叫。

进了宠物医院，前台接待的还是那个小姑娘。海涛对她说："你好，带猫打针。"小姑娘问："打什么针？"海涛说："打疫苗。"小姑娘说："您直接去后面诊室就可以了。"海涛进到里面的诊室，人还挺多，一个穿黑T恤的年轻女子正和店员说话，她也是带猫来打疫苗的。旁边有个和她年龄相仿的女子，像是她的闺蜜。海涛找到昨天那个女医生说："带猫来打疫苗。"女医生问了些猫最近的情况，海涛都一一回答了，女医生就开了处方。不一会儿，过来一个年轻的男店员，手里拿着针和疫苗，海涛正要把猫包放在桌子上，那个店员说："等一下。"他将消毒液喷在桌子上，再拿纸巾擦干净，然后垫上一张蓝色无纺布说："好了。"海涛把猫包放在上面，把咪咪从里面抱了出来。男店员给咪咪打针的时候，咪咪还挺乖，没动也没叫。海涛把打完针的咪咪又装进猫包，女医生过来嘱咐了几句，要海涛在店里等三十分钟，观察咪咪的反应。

海涛到了外面，在前台交费后找了张椅子坐下。斜对面坐着个四十来岁的女子，抱着一个双肩背的猫包。

过了一会儿，从诊室里出来一个三十来岁的女子，抱着一个猫包坐到她边上。那个穿黑T恤的女子出来后，坐到海涛旁边，她的闺蜜跟出来站在她的身边。海涛这才注意到，穿黑T恤的女子的右胳膊上文着一条龙。

对面三十来岁的女子问四十来岁的女子："您的是什么猫？"对方回答："就是普通的猫。"三十来岁的女子就不问了，打开自己的猫包，把猫抱了出来。海涛一看，是一只金渐层，毛色发亮，有着一双漂亮的绿眼睛。

穿黑T恤的女子说："说是来打疫苗，其实就是找借口，为了看各种动物，招猫逗狗来了，什么人啊！"她的闺蜜听了没说话。穿黑T恤的女子说完也把自己的猫抱了出来，是一只美短，看起来胖胖的，肉乎乎的。过了一会儿，又进来一个人，是带狗做美容的。那个三十来岁的女子把自己的猫装进猫包里，拎着包走了。海涛一看时间已到，也背着猫包回家了。

过了十来天，咪咪终于恢复正常，不在海涛的衣服和床上撒尿了。前一段时间因为咪咪总在床上撒尿，把床垫搞得很大一股尿味，海涛不得不换了一个新床垫，把已经用了十几年的旧床垫扔掉了。咪咪虽然不再乱撒尿，但是还一如既往地到椅子上去吃臭臭盆子里的狗粮。海涛不明白它为什么放着窗台上定时喂食器里的猫粮不吃，却偏要到椅子去上吃臭臭的狗粮，这真是典型的猫吃狗粮了。眼见着狗粮不断地被消耗，而喂食器里的猫粮越堆越多，海涛只好抓了猫粮放到臭臭的盆子里。臭臭饿了以后不管三七二十一，把前腿放在椅子上，后腿立在地上，站在那里猫粮狗粮一起吃，猫粮就这样靠着臭臭狗吃猫粮被消耗掉了。

尽管咪咪不在海涛的床上撒尿了，但还是认准了海涛书桌前的皮转椅。海涛只好在上面垫上尿不湿，咪咪就在尿不湿上撒尿，真把自己当个人了。

海涛在网上买了个猫厕所，在猫厕所里放上猫砂，再在猫砂上垫尿不湿。这天海涛坐在电脑前上网，看到咪咪在猫厕所的尿不湿上撒尿。自打用上尿不湿，咪咪再也没在猫砂上撒过尿。真是由俭入奢易，由奢入俭难。人是如此，猫也是如此。

卷七　漓边小筑

一

"我昨晚梦到孔子了。"海涛突然对和平说。

现在是6月,和平跟海涛坐在阳朔一个旅馆的阳台上。这个叫作"莲峰旅馆"的家庭旅社就在漓江边上,一个小小的二层楼,一共只有七八个房间。二楼有个小小的阳台,正对着漓江。阳台的栏杆是铁质的,顶上有一块厚厚的遮阳板。栏杆外面还有一个不大的、带墙裙的平台。平台右边和楼体连接,左边却是一个拐弯的直角。小平台的上面,摆满了大大小小,种着各式各样花草的花盆。隔着一条很窄的马路,是漓江河岸。岸边栽满了树,遍地都是青草。对岸,隔着一条树的走廊,是一座接一座、有高有低、有远有近、曲线圆滑的小山,山不高,却是满目青翠。山与山之间是碧绿的田野。这也许正是桂林山水的独到之处吧。

阳台右侧不远,就是阳朔的集市。那里有琳琅满目的旅游纪念品、衣服,还有当地的土特产。尽管游人很多,但也许是树的原因,在阳台上也不觉嘈杂。站在栏

光年

杆边上，可以看到游人在挑选各种商品，与商贩讨价还价，或是成交，或是空手而去。

这家旅馆海涛以前来过。当他听说和平又想去丽江打发时间时，极力劝和平也来这里住一段时间。现在在这里已经七八天了，很多时间都是在这个阳台上打发的。阳台上有一张圆桌，还有几把折叠椅。旅馆的女主人每天都会准备几瓶开水和一些茶叶。不过茶叶通常是不会有人动的。和平不喝茶，只要一杯开水就可以了，有时会冲上一杯咖啡。海涛喝他自己的茶叶。他喜欢喝茶，夏天喝碧螺春或者猴魁，冬天则喝普洱或者冻顶乌龙。

和平跟海涛是多年的老朋友，他们都喜欢文学，又都是懒散的人。在今天这个快节奏、高竞争的社会，他们属于另类的一群人。不同的是，海涛喜欢写诗，喜欢写古体诗、现代诗，再就是写神话小说，偶尔也填一两首词。尽管他的古体诗经常平仄不合，难得填一次的词也是格律不对，他还是乐在其中。和平却喜欢写散文、游记，或者是惊悚小说。

"你梦见了孔子？"和平问。

"嗯。"

"听说过梦周公的，没听说过梦见孔子的。"和平笑了一下，说道。

"我问了他两个问题。"

"你问他什么？"

"我问他唐太宗李世民杀死了他的兄弟，又囚禁了他的父亲，为什么还是千古贤君？"

"那第二个问题呢？"和平又问。

"我问他为什么关羽先降曹操，再归刘备。两叛之人，怎么成了忠义之神？"

"他怎么回答？"

"他好像说：无为而治，无为而治。先天下之忧而忧，后天下之乐而乐……"

"这好像都不是孔子说的吧。"和平笑了。

"这只是个梦。"海涛也笑了。

"你经常考虑这个问题吗？"

"不是，只是偶尔想到过。"

"那就对了。做梦往往不是经常想的。我做梦总是梦见我小学的两个女同学，一个叫杨娟，一个叫林丽。杨娟是圆圆的脸蛋，大大的眼睛，有点薛宝钗的味道。林丽是瓜子脸，黑眉毛，高鼻梁，大眼睛，大人都说她是个美人。"和平说。

"是呀，我经常想的事情，反倒梦不到。"海涛停了一下，又回到原来的话题，"我能想象李渊当时的感觉，听到李世民一天之内杀了胞兄胞弟时的恐惧感。也知道他的退位是迫不得已的。他在写退位诏书的时候，手肯定是颤抖的。试想一下，假如他不同意退位，李世民会怎么样？"

"李世民不会杀他父亲的。他可能采取强制手段。他已经掌控局面，谁也挡不住他。"和平说。

"李渊也是个老人了。你可以想一下，一个老人在一天之内失去两个儿子是怎样的的痛苦。再想一下，一个父亲被儿子威胁是怎样的的痛苦。"海涛接着说。

"李世民开辟了大唐盛世。"

"是呀，百姓只要盛世。只要有盛世，就算皇帝做出禽兽的行为，也可以被当成圣贤。不过你想过没有，大唐盛世是怎么来的？"

"嗯？"

"大唐的开国之君是李渊，而不是李世民。是李渊结束了隋朝的虚弱统治，实现了天下一统。大唐走向盛世是必然的。中国的历史不就是这样的吗？先是兴盛，然后衰弱。衰弱导致战乱、分裂。然后再是统一、兴盛。

周而复始，循环往复。"

海涛说到这里停住了，看看和平不作声，又接着说："谁又敢说，假如李建成继位的话，就不会出现盛世呢？"

"历史是不能假设的。"

"历史是不能假设，但可以推理。李建成是李渊的长子，是李渊亲自立的太子。李渊对他也颇为倚重，没有表现出认为他不适合做太子。李渊是何等人物？他能在隋末的复杂情况下，一枝独秀，统一乱局，肯定是个很有头脑、很有眼光的人，城府一定很深。他会看错人吗？他大概万万想不到李世民会杀死他的两个亲兄弟。"

"应该是吧，李渊没想到，李建成和李元吉也同样没想到。"和平说。

"李世民不但杀了两个亲兄弟，还斩草除根，把兄弟两家都灭了门，何等的残酷！就是刻薄如雍正，也没有直接杀自己的兄弟，更没有杀他们的子女。"停了一会儿，海涛又说，"再说关羽吧。关羽先降了曹操，然后再回归刘备，一个两次叛变的人，为什么会成了代表忠义的神？"

"也许是因为关羽心里一直有刘备，不是有句话叫作

'身在曹营心在汉'吗？"和平想了一下，说道。

"那只是说辞而已。脚踩两只船，和忠义一点也沾不上边。如果这也算忠义的话，那伪军也可以说自己是身在曹营心在汉。"

和平一时语塞。过了一会儿，和平慢慢地说道："也许中国的老祖宗，早就发现社会是矛盾的，人也是矛盾的。比如说我，我就是矛盾的。我既写散文，也写惊悚小说。正因为矛盾，所以故意找出这样两个人物，一个成了圣贤之君的代表，一个就成了忠义之士的代表。"

海涛想了一下："你思考问题很快，好像说得有一定的道理。我今天上午受梦的启发，写了一首诗。"

"念给我听听。"和平说道。

海涛动了几下桌子上的鼠标，对着屏幕念道：

> 屠兄犹弑弟，
>
> 囚父入愁隅。
>
> 却教丘夫子，
>
> 还为圣主乎？
>
> 先降归汉相，
>
> 再拜向玄菟。
>
> 今日临忠寺，
>
> 香烟也不疏。

"嗯，还不错，把你困惑的两个问题都提出来了。而且孔夫子说的仁义礼智信，和他们两个确实有不大相称的地方。"和平说。

"我最近还写了一首短诗。"海涛又说。

"什么诗？"和平问道。

"我前两天看到一只小船顺流而下，忽然有了这样的想象。我想象古时候这里有个秀才，准确地说是个进士。这个秀才考中了进士，坐船进京赶考，参加皇帝的殿试。秀才……"海涛没有马上回答和平。

"是进士。"和平打断海涛。

"对，进士。就说书生吧。这个书生坐着船，一路上看着两岸的美丽风光，想着即将到来的美好生活，心情一定大好。他出自书香门第，诗礼传家，于是诗兴大发，就作了一首诗。"

"是首什么样的诗？"

这次海涛没有看电脑，而是背了出来：

> 一水还从一岭岩，
> 山环水绕总相宜。
> 诗心若有连图韵，
> 纵墨犹淋绘秀漓。

光年

"这样的诗我也会写。一岭也比一水高。"和平笑道。

"嗯。"海涛饶有兴趣地看着和平，"下面呢？"

"下面。"和平想了半天，然后说，"我还没想好。你让我再想想。等明天，明天我告诉你。"

"好吧。看看你这个散文加惊险小说作家，能不能也写首古诗。"

晚饭的时间到了。他们来到街里，随便走进一家小饭馆，坐下来点完菜，正在等的时候，门外走进来一个女孩子。她叫小丽，在一家酒吧做事，和平跟海涛都认识她。和平跟小丽打招呼。小丽走过来说："是你们俩啊，这么巧也在这里吃饭。"

和平说："是呀，一起吃吧。"

小丽说："那怎么好意思呢？"

海涛说："吃顿饭有什么，一起聊聊天嘛。"

小丽便坐了下来。

和平问她："酒吧生意还好吗？"

她说："挺好的，现在是旅游旺季。不过这里也不分什么旺季淡季，一年四季都有人。"

和平说："对了，你喜欢吃什么？加个菜。"

她说："我随便了，都行。"

"给你来瓶啤酒吧？"

她笑了一下："不啦，晚上还要做事。"

"那喝什么饮料？"

"不用了，要杯水好了。"

和平转身叫服务员，叫了一杯水和一个女孩子爱吃的菜。

海涛在问小丽："你是南方人吧？"

"是啊。"小丽答。

"看你长得挺秀气的，身材又苗条，像是南方人。"

小丽笑了，没有一点不好意思，也没有一丝得意的样子。大概这种话听得多了，她笑得很自然。

海涛又说："你们南方的女孩子，都喜欢来这边做事。"

小丽说："是呀，北方的气候我们不习惯，吃的也不习惯。再说这边离家也近，想回去的话，坐车很快就到了。"

海涛说："我们那边做事的女孩子就是北方人多，不过南方女孩子也有。"

光
年

正说着，服务员开始上菜了，我们边吃边聊。大概吃完的时候，小丽提出要走，说酒吧还有事。

和平对她说："没事，你忙就先走吧。"

小丽笑了一下："有空去酒吧坐坐。"

和平跟海涛都点头答应了。于是小丽先走了。和平跟海涛继续在饭馆坐着。

又过了一会儿，和平问海涛："晚上去酒吧？"

"这几天老去，今天不了。"

"那去咖啡馆坐会儿，找一家安静一点的？"

"不了，你自己去吧，我今天回去歇会儿。"

"好吧。"和平叫来服务员买单。

第二天早上，和平洗漱完了，马上打开电脑。这已经是多年的习惯了。即使不能用电脑，他也要用手机收邮件、写博客、发照片，或是看新闻。和平打开邮箱，有一封海涛的邮件。和平笑了一下，搞什么鬼，楼上楼下也发邮件！他再看一下，是昨天夜里发的："下午你开头的那首诗，后三句我已经有了。"

> 一岭还凭一水迢，
> 丹枫浅映总妖娆。

寄言山畔流觞意，

绣卷何须锦线挑。

二

和平独自一人沿着漓江漫无目的地走着。海涛有睡
懒觉的习惯，对他来说，早饭就是午饭，所以上午和平
都是自己活动。靠近镇子的地方，马路沿江的另一面还
有一些小摊，一个个铁皮做的柜子漆成绿色，上面用铁
管支撑着一个三角形的棚子，用来遮阳和挡雨。小摊都
是空着的，这个时间摊主们还没出摊。再往远走一点，
小摊就没有了。不知道走了多远，前面一大块空地，周
围有很多树，靠近江边的地方有一棵大树，树下有一栋
房子，朱红色的墙已经发暗。房子的一部分是个小茶馆，
里面几张桌子都是空着的，柜台后面只有一个女服务员，
再没有其他的人了。

和平走进茶馆，找了个面对漓江的位置坐下来。女
服务员走过来招呼他，他要了一壶茶，边喝茶，边欣赏
江景。今天天气很好，阳光灿烂，四周静悄悄的。

坐了一段时间后，和平从茶馆出来，沿着一条石阶
下来，走到漓江边上，双肘倚在栏杆上。江面上驶来一
条游轮，这是桂林到阳朔的游船，船帮矮且宽，形如被

卷七　漓边小筑

光年

劈开一半的西葫芦。低矮的船帮衬得船舱很高。游船看起来很笨重，慢慢地驶出我的视线。

阳光一直很充足，江面上也看不到其他船只。一个男人从石阶上走下来，在离和平不远处停下。男人个子高高胖胖的，富态的脸上戴着一副眼镜。他也与和平一样倚着栏杆看了一会儿江上的风景，然后主动和和平打招呼，当知道和平是从北京来的时候，男人的脸上露出了骄傲的神情："我儿子也在北京，在北京上的大学，一毕业就在北京工作了，工资很高，现在结婚了，买了车，还买了房子。"和平点头表示赞许，说了几句"很不错"一类的话。他接着说道："今年秋天我和我太太要一起去北京，一起去看他。"

稍后，男人告辞走了。和平待了一会儿，就慢慢地往旅馆走去。旅店柜台后面没有人，和平去了海涛的房间，他已经起来了。他俩找了家饭馆吃过午饭，就回房间午休了。

下午，他们在阳台上坐着，老板娘拿着一个信封过来对海涛说："你的快递到了。"海涛谢过老板娘。等她离开后，和平问海涛："谁把快递寄到这里来？"海涛回答说："是我的出版人，他把出书合同给我寄来了。"和平说："你心真大，把合同寄到这里来。"海涛说："那有什么，我把这里的地址告诉他，再告诉老板娘这两天有我的快递，要她帮我收一下。"

海涛打开信封，里面有两份合同，他们各拿一份看起来。看完合同，海涛在上面签了字，和平把另一份递给他，他也在上面签了字。之后海涛去了邮局，把其中一份合同寄给他的出版人。

又过了两天，天气预报显示广西将有大暴雨，漓江可能发洪水，道路可能会被淹没，交通也会中断。听到这个消息，和平跟海涛第二天一大早就搭上到桂林的班车，到了桂林以后，又搭上最早的航班飞回北京。他们刚到北京，广西就下起暴雨，漓江涨水，阳朔的街道都进水了，道路被淹没，交通全都断了。他们再晚走一天，就会被困在阳朔。

约莫过了两个月，海涛打来电话："我的书出版了，我就不送给你了，你去网上买一本吧，算是对我的支持。在商城搜书名或我的名字都可以。"

挂断电话，和平去商城一搜书名，还真有海涛的那本书，是新书。再一搜他的名字，除了这本新书以外，还有他的两本旧书，其中一本的标价居然是277.83元。和平看了看那本天价书，估计没人买。那两本书因为没上架，海涛都送了和平一本，这本书他就不送了，要和平

光年

自己买。

和平在商城下了单，新书第二天就到了。拆掉外面的包装，打开一看，书不算太厚，但内容还挺丰富，分五个部分：第一部分是现代诗，第二部分是古体诗词，第三部分是散文，第四部分是短篇小说，第五部分是书法和绘画。书法的内容是海涛写的古体诗词，绘画都是国画，是按海涛写的绝句的意境画的，绝句也用毛笔字题在上面。海涛不会书法，写字很难看，更不会画画，这些书法和画都是他在淘宝上请人代笔的。每次海涛请人写了字或画了画，都会拍照片发给和平看，现在这些书画都在书的后面。

和平先大致浏览了诗词和散文，然后开始读小说，前两篇是神话故事《湘黄传奇》《共工的传说》，第三篇是现代都市小说《莫名的幸福感》。

海涛的小说篇幅都不长，这符合他诗人的性格，诗人都是以最精练的语言表达自己的思想，也许是读诗读得多、写诗写得久，就写不出长篇大论了。和平读过海涛的另外两本书，一本是诗歌散文集，另一本却是写科学的，是他对科学特别是物理学的思考。

海涛能写科学的文章并不奇怪，因为他就是理工科大学毕业的，但他在学校成绩并不好。他在中学的时候平时成绩一般，但高考却考了第五名，班里只有一个姓李的男生名次在他前面，那是班里的尖子，其他三个都是女生。等到了大学，班集排名也总是在五名之内，但那是倒数的。如果不是有两个比他成绩更差的，加上后来班里还来了三个留级生，他也许连学士学位都拿不到。留级生是不能拿学位的。靠着那两个成绩比他还差的和三个留级生垫底，他才勉强拿到理工科学士学位。

海涛成绩虽然差，但这并不影响他写科学类文章，因为大学理工科的所有课程他都系统地学过，毕业以后先是在研究所工作，干的就是科研。后来到公司工作，也是和高科技的东西打交道。先前忙的时候没有空，等到闲暇下来，就有时间琢磨了。

和平读过海涛那本有关科学和物理学的书，海涛也和他谈起过自己对科学和物理学的一些想法，但和平对科学和物理都不感兴趣。他的世界里科学很少，物理学早就已经归零了，那是遥远的中学时代的故事。和平中学的物理老师是个身材颀长的中年男子，长着一张马脸，声音洪亮，看起来很潇洒。后来偶尔想起他，和平就想他应该去演诸葛亮。

读完小说，和平把书放下，去冲了一杯雀巢速溶咖啡，放了两块方糖。他用小盘子托着咖啡杯，回到座位

光年

上，用不锈钢小勺搅拌着咖啡，然后把勺子放在小盘子的边上，拿起书继续看。

书中有两篇散文让和平感到震撼。第一篇是《光之韵》。第二篇是《四季的沉思》，其中的一段话也打动了和平，使他潜意识中的科学和物理学知识复苏了，毕竟有一个长得像诸葛亮的物理老师教过他物理。

过了两天，海涛给和平打来电话："我的书怎么样？"

和平说："很好啊，诗和小说都不错，但让我感到震撼的还是那两篇散文。"

海涛说："你感到震撼，说明你看懂了。"

和平说："是啊，你以前给我讲那些大道理，我都没听进去，但这两篇散文却让我一下子就明白了。"

海涛说："那说明你还是有慧根，如果没有慧根，别说是两篇，再多篇也没用。"

和平说："我这属于茅塞顿开。"

"你这是顿悟了。"海涛接着问道，"你最近在干什么？"

和平说："我构思了两篇小说，可是一直没动笔写。我老说你惜墨如金，说你懒，其实我比你还懒。"

海涛说："那你就别偷懒了，赶快抓紧写啊。"

跟海涛通完话，和平走到书桌前，把手机放在桌上，把皮转椅转过来坐下，打开电脑。很快，电脑桌面亮起，背景是和平在邻近的一个小公园拍的照片，是一片绿油油的草地，周围绿树成荫，远处有一个穿白旗袍的女孩子，另外一个穿花上衣、花短裤的女孩子正对着她拍照。和平打开文档，写下一篇小说的开头……